毛姆文集
W. Somerset Maugham

客厅里的绅士

The Gentleman in the Parlour

〔英〕毛姆 著　宋怡秋 译

上海译文出版社

前　言

　　我认为小说家偶尔从小说写作中休息一下是很好的。每年写一部小说是一件枯燥的事，许多作家不得不如此，以维持一年的生计，或者是因为担心如果保持沉默，他们会被世人遗忘。无论小说家的想象力多么丰富，他们的头脑中都不大可能永远有一个迫切需要表达的主题，使他们非写不可；他们也不大可能创造出他们以前从未使用过的新鲜生动的人物。如果他们有讲故事的天赋和技巧，他们也许能写出一部差强人意的小说，但若想期望更多，则只有诉诸运气。作家创作的每一部作品都应该是他的一场心灵探险的记录。这是一个理想化的建议。职业作家不能指望始终遵循这一建议，他注定要经常退而求其次，以写出一部匠心之作为满足；但他最好将这个建议牢记在心。虽然人性变化无穷，因此作家似乎永远不缺原型供他塑造人物，但他只能处理合乎他性情的那一部分。他将自己代入笔下人物的处境，但有些处境他无法代入。有些人对他而言太过陌生，他无法把握。当他描写他们时，他只能从外部进行描述，而缺乏共鸣的观察很少能创造出一个鲜活的人物。这就是为什么小说家倾向于复制相同类型的人物；他们巧妙地改变人物的性别、身份、年龄和外貌；但细看之下，你会发现他们是同一批人以不同的面貌再次出现。毫无疑问，越是小说大家，能够塑造的人物数量就越多，但即便是最伟大的小说家，这个数量也要受其自身局限性的制约。只有一种方法可以让他在一定程度上应对这种困难的局面：他可以改变自己。在这里，时间是首要因素。能够等到时间为他带来变化，使他得以用全新的眼光看待眼前一切的作家是幸运的。他是变量,他的变化使得等式中其他符号的数值也发生相应的改变。不过,改换环境同样能起到很大作用,但有一个前提。我认识一些作家,他们进行了冒险之旅,却带着他们在伦敦的房子、他们的朋友圈、他们英国式的爱好和他们的名声一起上路;回家后他们惊讶地发现,他们与出发时毫无二致。作家无法从这样的旅行中受益。当他踏上旅程时,他必须抛下的那个人就是他自己。

本书不像《在中国屏风上》那样是一个意外的结果。我踏上书中描述的旅程是因为我想去那些地方旅行,但我从一开始就有写一本书的打算。我享受《在中国屏风上》的写作过程。我想在同一类题材上再试一试身手,但规模要更精巧,风格也要更加明确。这是一次风格练习。小说的风格必然会受到内容的影响,均一的写作风格是不现实的。心理描写所需的表达方式与叙事不同;而对话至少应给人一种用通行的口语交谈的合理印象,须要避免千篇一律的效果。悲剧性段落所需的风格与喜剧性段落不同。有时,叙述的部分需要使用谈话的语气,可以自由使用俚语,甚至故意使用粗疏的语言;有时又需要你尽可能使用庄重的语句。其结果必然是一锅大杂烩。有些作家非常重视语言的美感,可惜他们所说的美通常指的是华丽的词汇和藻饰的段落,他们罔顾素材的性质,强行套用统一的模式。有时他们甚至将对话也纳入其中,要求你阅读书中人物用四平八稳精雕细琢的句子彼此交谈。于是,他们变得毫无生气,令人窒息。这样的作品当然不可能有趣,但他们并不在意,因为他们很少有幽默感。事实上,他们对这一特质颇为不耐。小说更好的写法是让内容决定形式。小说的风格最好像得体的衣服一样不引人注意。不过,如果你喜欢语言本身,如果你喜欢按照自己最中意的顺序将文字连缀起来以产生美的效果,散文或游记可以为你提供这样一个机会。在这里,散文的写作可以只为其自身服务。你可以巧妙地处理手中的素材，以实现你所追求的和谐。你的风格可以像一条宽阔平静的河流一样流动，载着读者在它的怀抱中安全地前行；他无须担心浅滩，无须担心逆流、激流或布满岩石的峡谷。当然，危险是他会被催入梦乡，看不到你在沿岸为他布置的怡人的风景。读者必须自行判断我在本书中是否避免了这种情况。我只恳请他记住，没有比英语更难书写的语言了。没有人能够学到关于它的一切。在我们漫长的文学史中，很难找到六个以上的人将它写得完美无瑕。

一九三五年

一

我从未能对查尔斯·兰姆产生他在大多数读者中激发的那种喜爱之情。我的天性中有一种逆反的成分,使我对他人的狂热感到厌恶,他们那喷薄的情感会使我的钦佩之情变得枯竭(这实在有违我的心愿,因为上天可鉴,我并不希望用我的冷淡浇熄邻人的热情)。太多的评论家以令我厌烦的笔调写到查尔斯·兰姆,使我无法轻松自在地阅读他的作品。他就像那一类同情心泛滥的人,他们似乎在默默等待灾难降临到你头上,以便用他们的同情将你包围。在你跌倒时,他们如此迅速地出手相扶,使你在揉搓擦破皮的胫部时不禁自问,绊倒你的那块石头有没有可能就是他们放在路上的。我害怕有太多魅力的人。他们会吞噬你。到头来你将成为他们施展迷人天赋和虚伪情感的牺牲品。我同样不大喜欢那些以魅力为主要资本的作家。仅有魅力是不够的。我要的是能够让我全心投入的作品,当我想要烤牛肉和约克夏布丁时,我是不会满足于面包和牛奶的。温柔的伊利亚①的敏感令我手足无措。卢梭使得整整一代作家形成了披肝沥胆的文风,在兰姆那个时代,喉头哽咽地写作仍然是风尚,但他的情绪更多地使我联想到酗酒者轻易抛洒的眼泪。我不禁感到,他的多愁善感也许可以通过戒酒、蓝色药丸和黑色顿服剂②得到有效的缓解。当然,你在读到他的同时代人对他的描述时,会发现"温柔的伊利亚"是感伤主义者的发明。他是一个比他们所说的更强健、暴躁和放纵的人,对于他们为他描绘的形象,他会一笑置之(这很合情合理)。如果你某天晚上在本杰明·海登③的家里遇见他,你会看到一个邋遢的小个子,醉醺醺的,人很无趣，讲的笑话也可能多半并不好笑。事实上，你会见到查尔斯·兰姆，而不是温柔的伊利亚。假如你在当天早上的《伦敦杂志》上读到他的散文，你会认为那是一篇令人愉快的小品。你绝不会想到这篇轻松幽默的短文有朝一日会成为学者们著书立说的借口。你会以正确的心态读它，因为对你而言它是鲜活的。作家所遭受的不幸之一是生前获誉寥寥，身后备享哀荣。批评家们强迫我们像马基雅维利所写的那样穿着宫廷礼服阅读经典；但穿着晨衣，把他们当作我们的同时代人来读，我们会有远多于此的收获。

因为我读兰姆是出于对公众意见的尊重，而不是出于自己的喜好，我对黑兹利特④便采取了完全回避的态度。鉴于有无数重要的书急需我阅读，我得出结论：既然已有另一位作家珠玉在前，舍弃一位（我以为）平庸的作家并无大碍。何况温柔的伊利亚已经令我厌烦。我读到的所有关于兰姆的文章中，很少有不对黑兹利特发出攻击和嘲笑的。我知道菲茨杰拉德⑤曾有意为他立传，但因为厌恶他的人品而放弃了打算。他是一个卑鄙、粗鲁、难相处的人，一个攀附在兰姆、济慈、雪莱、柯勒律治和华兹华斯等群星闪耀的文坛的不足道的寄生虫。似乎没有必要在这样一个才华不济性格可厌的作家身上浪费时间。但就在我即将出发去远行前的一天，我正在邦珀斯书店⑥闲逛，打算寻几本书带在路上时，偶然发现了黑兹利特的一部散文集。那是一本样子颇为讨喜的绿色封皮的小书，印刷精美，价格低廉，拿在手上分量很轻；出于对一位饱受恶评的作家的真实情况的好奇，我把它放在了已经选好的那摞书的上面。

---

① 兰姆以伊利亚为笔名发表了多篇散文，集为其代表作《伊利亚随笔》和《伊利亚续笔》。
② 前者是汞丸，后者是泻药，都曾是西方的常用药。
③ 本杰明·海登（1786—1846），英国画家兼作家。
④ 威廉·黑兹利特（1778—1830），英国作家，评论家。
⑤ 爱德华·菲茨杰拉德（1809—1883），英国作家，翻译家。
⑥ 即朱自清《三家书店》中的彭勃思书店。

二

在沿伊洛瓦底江溯流而上前往蒲甘①的船上安顿下来后,我从包里取出那本绿色的小书,准备在路上阅读。船上挤满了当地人。他们躺在周围堆满小件行李的床上,整天吃东西、聊天。他们中间有一些剃发的黄袍僧人,默默地抽着方头雪茄。偶尔有搭着小茅草屋的柚木排从旁边经过,顺流而下漂向仰光,在交会时短暂的一瞥中,你会看到住在木排上的人家正忙着准备饭菜或惬意地享用一餐。他们似乎过着平静的生活,有大量的时间休息,有充裕的闲暇安放散漫的好奇心。江水宽阔浑浊,江岸平坦。不时看到一座宝塔,有的洁白崭新,更多的则正在化为瓦砾;不时经过江边的一座村庄,亲切地偎依在绿树丛中。码头上,一群人挤在那里大声喧哗比手画脚,他们衣着鲜艳,好像集市摊位上待售的鲜花;在一片骚动混乱慌张喊叫之中,一批小个子大包小包地下了船,另一批小个子同样大包小包地上船来。

河上旅行单调而舒缓,在世界任何地方都是一样。你的肩上没有负担,生活轻松自在。漫长的一天被一日三餐划分为几个匀称的部分,你很快就会感到你已不再具有个性,而仅仅是占据了某个铺位的一名乘客;船务公司的统计数据显示,你在这个季节占据这个铺位已经有一些年头,并且会继续长期占据下去,长得足以使该公司的股票成为一项可靠的投资。

我开始读我的黑兹利特。我很惊讶。我发现了一位真正的作家,毫不做作,勇于说出自己的想法,理性而坦率,热爱艺术,既不滔滔不绝也不矫揉造作,多才多艺,对生活充满兴趣,头脑灵活,见解深刻,但不故作高深,幽默,敏锐。我喜欢他的语言。自然,活泼,需要雄辩的时候雄辩,易于阅读,清晰,简洁,既不会用轻浮的语言讨论重要问题,也不会用华丽的辞藻虚张声势。如果艺术是自然通过个性的呈现,黑兹利特就是一位伟大的艺术家。

我欣喜若狂。我不能原谅自己,痛感相见恨晚;我对伊利亚的崇拜者感到恼火,是他们的愚蠢使我直到现在方才享受到如此生动的阅读体验。文中展现的当然不是什么魅力,而是一个多么强健的头脑,理智、清晰、活泼,并且是那样具有活力!我很快便发现了那篇题为《论旅行》的意蕴深长的散文,读到这一段:"哦!摆脱世俗和人言的束缚——在自然的怀抱中抛却那纠缠不休、如影随形、令人烦恼的个人身份,活在当下,摆脱所有的羁绊——仅以一道牛杂碎与宇宙相连,除了夜晚的酒账什么都不欠——不再寻求掌声,不再遭遇轻视,只以'客厅里的绅士'为名,这是多么美妙!"我希望黑兹利特在这段话中少用几个破折号。破折号有一种粗率、急切和随意的感觉,与我的性情相悖。我很少读到哪个句子,其中的破折号是不能被优雅的分号或谨慎的括号取代的。但我刚读完这段文字就立刻想到,这是一本游记的绝妙的名字,于是我决定写这样一本书。

---

① 位于伊洛瓦底江中游东岸,是缅甸的历史古城,佛教圣地。

三

我听任手中的书滑落膝头,看着河水静静流淌。缓缓流动的巨大水流给人一种不可侵犯的宁静感觉。夜幕轻轻落下,如同夏天的一片绿叶轻轻落在地上。为了暂时抵挡渐渐袭上心头的闲适慵懒的感觉,我在记忆中整理了仰光给我留下的印象。

那是一个阳光明媚的早晨,我在科伦坡乘坐的船驶入了伊洛瓦底江。他们指给我看缅甸石油公司高大的烟囱,空气灰蒙蒙的,烟雾弥漫。但在烟雾后面,耸立着瑞光大金塔①的金色塔尖。我现在发现,我的回忆全都是愉快的,却又模糊不清;热情的欢迎,乘坐一辆美国汽车驶过商户林立的繁华街区,老天!这片钢筋水泥的丛林几乎同火奴鲁鲁、上海、新加坡或亚历山大②的街道一样,然后是宽敞阴凉的花园别墅;惬意的生活,在这家或那家俱乐部享用午餐,在宽阔整洁的马路上开车兜风,天黑后在那家或这家俱乐部打打桥牌,喝几杯苦味杜松子酒,与许多身穿白色粗斜纹布衣服或茧绸衫的人共聚一堂,开怀大笑,愉快交谈;然后在夜色中回去换上晚礼服,再出门与这个或那个好客的主人共进晚餐,鸡尾酒,丰盛的大餐,在留声机的音乐声中起舞,或是打一局台球,然后再次回到凉爽安静的大房子。这种生活非常迷人,轻松、舒适、愉快,但这就是仰光吗?在港口附近和河流沿岸有许多狭窄的街道,在这片纵横交错的拥挤陋巷中分别居住着数量众多的中国人和缅甸人;坐车经过时,我好奇地望着那里,想知道如果我能投入那种神秘的生活,完全融入其中,就像泼出舷外的水融入伊洛瓦底江,我将会发现什么新奇的事物,它们能告诉我怎样的秘密。仰光。我现在发现,在我如此模糊和不确定的记忆中,瑞光大金塔就像我在第一天早晨见到它时那样傲然耸立,闪耀着金色的光芒,如同神秘主义者笔下灵魂的黑夜中突然出现的希望,在这座繁华城市的烟雾中闪闪发光。

一位缅甸绅士邀请我与他共进晚餐,我应邀去了他的办公室。办公室用纸花彩带装饰得喜气洋洋。一张大圆桌立在屋子中央。我被介绍给他的几位朋友,然后我们入席。有很多道菜,盛在小碗里,浸在大量的酱汁中,大部分已经冷了。桌子中央的一圈茶碗里沏着中国茶,但大家都在畅饮香槟,饭后上了各种餐后甜酒。我们都十分愉快。然后桌子被撤走了,椅子靠墙放好。和气的主人请求允许他把妻子也叫来,她和一个朋友一起进来,两个大眼睛含着笑意的娇小漂亮的女人羞涩地坐了下来,但她们很快发现欧式椅子坐着不舒服,于是便像席地而坐时那样跪坐在上面。主人特意安排了一堂节目为我助兴。表演者登场,包括两个小丑、一支乐队和六七个舞者。其中的一个据说是闻名全缅的艺人。舞者们穿着丝绸衬衫和紧身短上衣,乌黑的头发上插着鲜花。她们逼尖了嗓音大声歌唱,因为用力,脖子上青筋暴起,她们跳舞时不是一起登场,而是轮流出场,她们的舞姿就像牵线木偶一样。在她们表演时,那两个小丑一直在旁边插科打诨,和舞者一唱一答,他们的对话显然很诙谐,因为主人和其他宾客都笑得很大声。

我已经观察了那位明星一段时间。她确实很有风采。虽然与同伴们站在一起,却好像同她们保持着距离,她的脸上挂着和悦而略带傲慢的笑容,仿佛她属于另一个群体。小丑们用俏皮话挖苦她时,她淡漠地微笑着回答他们;她在扮演仪式中一个同她相称的角色,但她并不打算流露自我。她有一种完全自信的超然态度。轮到

---

① 又称仰光大金塔,是仰光乃至缅甸的标志性建筑。
② 埃及北部港市,埃及最大港口。

她上场了。她走到前面。她忘记自己是个明星,成为了一个演员。

我一直在向邻座们遗憾地表示,我只能放弃参观瑞光大金塔就离开仰光了。因为缅甸人制定了一些佛教信仰并未要求的规定,遵守这些规定对西方人来说是一种羞辱,而羞辱西方人正是这些规定的用意所在。欧洲人不再进入这些寺庙。但大金塔是如此雄伟庄严,它是这个国家最神圣的礼拜场所。这里供奉着佛陀的八根头发。我的缅甸朋友主动提出现在带我过去,于是我暂时放下我那西方人的骄傲。此时已是午夜。到达寺庙,我们走上一道长长的台阶,台阶两旁都是货摊,出售香客所需的一些物什;住在里面的摊贩已经收工,有的打着赤膊坐在外面,低声聊天、抽烟或者吃当天的最后一餐,还有许多已经睡下,有的睡在当地低矮的床上,有的睡在没有任何铺盖的石头上,睡姿千奇百态。随处可见大量白天剩下的凋谢的花朵,荷花、茉莉花和金盏花,它们在空气中散发着带有刺鼻的腐败气味的浓郁香气。最后我们来到了大平台。佛龛和宝塔遍布四周,就像丛林里杂乱生长的树木一样错落不齐,既没有规划也不讲究对称,但是在黑暗中,它们的黄金和大理石微光闪烁,有一种梦幻般的华丽感觉。然后,犹如巨轮高耸在周围的驳船之上,庄严灿烂的瑞光大金塔的模糊身影赫然耸现在它们中间。油灯柔和的灯光照亮了金色的塔身。它超然、威严而又神秘地矗立在夜色中。一名守卫悄无声息地赤足走过,一位老者在佛像前点亮一排蜡烛;他们将这里衬托得更加孤寂。随处可见一位黄袍僧人声音沙哑地喃喃诵经,他那低沉单调的声音不时打破夜的沉静。

四

为了使本书的读者不致产生误解,我要及早告知读者诸君,您在本书中找不到多少知识见闻。这本书记录了我在缅甸、掸邦[①]、暹罗和印度支那[②]的一场旅行。我写它是为了自娱自乐,希望那些愿意花几小时读它的朋友也能从中得到一点乐趣。我是一名职业作家,希望借此书得到一笔收入,以及,如果可能的话,一点赞许。

虽然我走过很多地方,但我并不是一个合格的旅行家。好的旅行家拥有随时随地发现惊喜的天赋。他对他在国内所知的和在国外所见的事物之间的差异永远感到兴趣盎然。如果他对荒诞有敏锐的嗅觉,他会从身边的当地人与他服饰不同这件事里发现无尽的笑料,并且他对人们用筷子而不是用刀叉吃饭、用毛笔而不是用钢笔写字永远感到惊讶。他对一切都陌生,故而对一切都留意,至于它们究竟是好笑还是有启发性,则视他的性情而定。但我在新的环境中却能很快入乡随俗,不再看到任何特别之处,而是将一切视为理所当然。在我看来,缅甸人穿色彩鲜艳的帕索[③]天经地义,只有刻意留心,我才能意识到他们的穿着与我不同。在我看来,坐人力车就像坐汽车一样自然,坐在地板上就像坐在椅子上一样正常,因此我总是忘记自己正在做的事其实非同一般。我旅行是因为我喜欢四处游荡,我喜欢它带给我的自由的感觉,我喜欢摆脱束缚、责任和义务,我喜欢体验未知;我在旅途中会遇到一些特别的人,他们不仅带给我一时的乐趣,有时还会启发我创作的灵感;我常对自己感到厌倦,我认为旅行可以丰富我的个性,使自己发生一点改变。我从旅行中带回来的总是一个不同的自己。

诚然，如果有朝一日，书写《大英帝国衰亡史》的历史学家在某个公共图书馆的书架上偶然发现这本书，他也许会对我大加诟病。"我们要如何解释，"他会说，"这位在其他地方证明其并非毫无观察力的作家，在游历了帝国这么多地区之后，竟然没有察觉到（因为书中没有一个字表明他的心头曾掠过一丝这样的怀疑）英国人掌握其先辈征服而来的权力的手是多么软弱无力？身为讽刺作家，看到一群以枪炮为后盾方能维持地位的官员试图让其统治的民族相信，他们是因为对方的默许才留在那里的，他从这番景象中难道找不到可供嘲笑的素材？他们为当地人提供效率，而对那些人来说，有一百件其他的事比效率重要，他们试图用带给对方的好处来为自己辩护，而对方根本不想要那些好处。就好像你强行住进别人家里，主人会因为你说你比他善于当家而更欢迎你似的！他在缅甸旅行期间，难道没有看到由于统治者不敢统治，英国的政权已经摇摇欲坠？他难道没有遇到过对自己毫无信心，因而也无法获得民众尊重的法官、军人和地方长官？这个曾经产生过克莱夫④、沃伦·黑斯廷斯⑤和斯坦福·莱佛士⑥的民族究竟怎么了，派去管理殖民地的都是些不敢行使交给他们的权力，只想通过哄骗和顺从，通过低调和息事宁人，通过给予当地人他们不适合行使并终将被用来与他们的主人作对的权力来统治那些东方人？一个因为自己是主人而良心不安的人算是什么主人？他们空谈效率，却没有进行有效的统治，因为他们惴惴不安，认为自己不适合统治。他们是感伤主义者。他

---

① 位于缅甸东部，是缅甸面积最大的一个邦，首府东枝。
② 即中南半岛，包括越南、柬埔寨、老挝、缅甸、泰国、新加坡等地。
③ 一种色织棉布，与后文的笼基、帕衣等类似，都是用一块长方形的布系于腰间的纱笼一类的服装。
④ 罗伯特·克莱夫（1725—1774），英国将领，殖民主义者，孟加拉首任总督，驻印英军总司令。
⑤ 沃伦·黑斯廷斯（1732—1818），英国驻印度行政官员，曾任孟加拉总督。
⑥ 斯坦福·莱佛士（1781—1826），英国殖民者，现代新加坡的开埠者。

们想要帝国的利益,却不愿承担帝国最大的责任,即统治的权力。然而,这一切就在作者眼前,却似乎逃过了他的注意,他满足于草草记下旅行中的小事,描述他的心情,虚构他遇到的人们的小故事;他写了一本对历史学家、政治经济学家和哲学家毫无价值的书,它被遗忘理所应当。"

  我对他的言论不屑一顾。从我的角度,我冒昧地提议,希望他在写这部伟大作品的时候,能够抱着同情、公正和大度的态度去写。我希望他避免夸夸其谈,我认为他应当保持情绪克制。我希望他写得清楚明了而不失尊严,我希望他句式工整长短得当。我希望他的句子像锤子敲击铁砧一样铿锵有力;他的风格应当庄重而不浮夸,别致而不矫揉造作,简洁优雅,雄辩而有节制;因为归根结底,他将面对的是一个需要他全力以赴的课题:让大英帝国在世界历史上留下辉煌的一刻。

五

抵达蒲甘时,天上浓云密布,下着小雨。远远地,我看到使它闻名遐迩的佛塔。它们在清晨的薄雾中若隐若现,巨大、悠远而神秘,宛如一场奇幻梦境的模糊记忆。江轮把我送到离目的地几英里远的一个破败的村庄,我在蒙蒙细雨中等待仆人找来一辆牛车带我继续上路。这是一辆没有弹簧的车,有着结实的木头轮子和一个用椰棕席制作的车篷。车里又热又闷,但外面的雨已渐成瓢泼之势,因此我很感谢有个地方可以避雨。我在车上躺下,躺累了就起来盘腿坐着。牛小心翼翼地迈着步子,缓慢得如同蜗牛一般,它们在之前的大车留下的辙印中费力前行时,我被颠得来回摇晃,每当车轮偶尔轧过一块大石头,就会有一次剧烈的颠簸。到达招待所时,我感觉自己好像刚刚被人痛打了一顿。

招待所建在河岸上,离水很近,周围都是大树——罗望子树、榕树和野醋栗。走上一段木头台阶,便来到一个用作客厅的宽敞的阳台,后面是两间卧室,各带一间盥洗室。我发现其中一间已经住了另一位旅客。我刚刚查看过住宿条件,与管事的马德拉斯①人谈了用餐事宜,并盘点了他这里的腌制食品、罐头和酒的种类,一个小个子男人就走了进来,雨衣和遮阳盔都在往下滴水。他脱下湿衣服,我们很快坐下来吃在这个国家被称作早午餐的一餐。他好像是捷克斯洛伐克人,受雇于加尔各答一家出口公司,正利用假期在缅甸观光。他个子很矮,头发乌黑蓬乱,大脸盘,鹰钩鼻,戴一副金丝眼镜。他的短外套紧紧地箍在肥胖的身上。他显然是位活跃而精力充沛的观光客,因为就连下雨都没能阻止他一早出门;他告诉我,他参观了至少七座佛塔。我们吃饭的时候雨停了,很快便艳阳高照。刚吃过饭,他就又出发了。我不知道蒲甘有多少座佛塔,你登高远眺,目力所及之处它们无处不在,几乎像墓地里的墓碑一样密密麻麻。它们大小不一,保存状况各异。它们的坚固、规模和宏伟在周围环境的衬托下显得尤为突出,因为只有它们依然表明,一座人口众多的大城市曾在此地繁盛一时。如今这里只有一座布局散乱的村庄,宽阔而不甚整洁的道路两旁大树成行,算是一个还挺舒适的小地方,铺着席子的干净整齐的房子里住着制漆工人,因为漆业是忘却昔日辉煌的蒲甘如今赖以适度繁荣的产业。

在所有这些佛塔之中,只有阿南达寺依然香火不断。这里有四尊巨大的镀金佛像,背靠镀金的墙壁,立在高大的镀金佛龛中,需要穿过一道镀金的拱门一尊一尊地看过去。在金光闪烁的幽暗中,它们显得神秘莫测。在一尊佛像前,一个身穿黄袍的托钵僧正在用尖细的声音吟诵你我听不懂的祷文。其余的那些佛塔早已无人问津。路面开裂的地方长了草,墙缝里小树生了根。它们成了鸟类的庇护所。老鹰在寺塔上空盘旋,小绿鹦鹉在檐下啁啾。它们就像化作石头的巨大而奇异的花朵。有一座寺庙的建筑师以莲花为原型,就像史密斯广场圣约翰教堂的建筑师以安妮女王的脚凳为原型一样,它那巴洛克式的浮华与夸张使得西班牙耶稣会的教堂都显得古朴而典雅。它外形怪异,令人忍俊不禁,但它的生气勃勃又自有一派迷人之处。它很不写实,工艺粗糙,但却非常特别,令人惊讶于设计者天马行空的想象。它看上去就像印度神话中某位任性的神明在一夜之间匆匆建成的一样。佛陀的塑像在塔中端坐冥想。金箔早已从巨大的佛像上剥落,佛像逐渐坍塌化为尘土。那些守护佛寺入口

---

① 现名金奈,印度东南部泰米尔纳德邦首府。

的造型奇特的狮子也在它们的基座上日渐朽坏。

这是一个奇特而令人伤感的地方。但我的好奇心在参观了半打佛塔后就得到了满足,我不会让那个捷克斯洛伐克人的活力妨碍我的懒散。他将它们分成各种类型,并根据它们的特点在笔记本上做了标记。关于它们,他有自己的一套理论,它们在他的头脑中被清晰地标注为支持了某一理论或巩固了某一论点。没有哪一座寺庙残破到让他认为不值得给与密切而热情的关注;为了查看花砖的材质和形状,他像石山羊一样爬上那些断壁残垣。我更喜欢悠闲地坐在招待所的阳台上欣赏眼前的风景。在正午阳光最盛的时候,太阳将大地的色彩燃烧殆尽,那些在人们曾经忙碌生活过的地方肆意生长的树木和低矮的灌木丛全都变得苍白灰暗;但随着白日将尽,颜色悄悄回来,就像调和性格的情感在被世事暂时淹没后重新回归,树木和灌木丛再次变回鲜艳浓郁的绿色。太阳在对岸落山了,西边的一朵红霞倒映在伊洛瓦底平静的江心。水面没有一丝涟漪。江水似乎不再流动。远处的独木舟上,一个孤独的渔夫在辛勤劳作。稍微偏向一侧,但仍能看到全貌的是最可爱的佛塔之一。在夕阳下,它呈现出的奶油色和褐灰色像博物馆里古代衣物的丝绸一样柔和。它有着悦目的对称结构,每一个角上的塔楼彼此相同;华丽的窗和下方华丽的门造型一致。它的装饰大胆热烈,仿佛它要攀登精神的奇峰峻岭,在这投入了全部身心的拼死努力中,无暇顾及风格的节制和良好的品位。但在那一刻,它依然不失威严,它的孤独屹立之中也有一种威严。它似乎为大地增添了沉重的负担。想到这么多世纪以来,它一直岿然不动,漠然俯视伊洛瓦底微笑的江湾,令人顿生敬畏。鸟儿在林中喧闹,蟋蟀在唧唧鸣叫,蛙声呱呱不绝于耳。不知何处的一位少年用简陋的笛子吹着忧伤的曲调,院子里当地人在大声聊天。东方并非安静的所在。

就在这时,捷克斯洛伐克人回到了招待所。他又热又脏,很累却很高兴,因为他没有错过任何东西。他是一座知识的宝库。夜幕渐渐笼罩了佛塔,它现在看起来不再坚固,而像是用板条和石膏建造的一样,即使你在巴黎的博览会上看到它作为殖民地产品的展厅,也不会感到惊讶。在那优美的乡村景色中,这座建筑复杂而奇特。捷克斯洛伐克人告诉我它是什么时候由哪位国王建造的,然后又开始向我讲述蒲甘的历史。他的记忆力十分了得,能够准确地列举一件件事实,其流利程度堪比一位讲师在讲一堂早已熟极而流的讲座。可是他说的那些事情我一点也不想知道。哪些国王统治过这里,他们打过哪些战争,征服过哪些土地,同我有什么相干?在寺庙墙壁上的浅浮雕长卷中看到他们神态庄严地坐在宝座上接受被征服国家的使节献上礼物,或者在枪林箭雨的战场上乘着战车向前冲锋的场面,对我而言已经足矣。我问那捷克斯洛伐克人,他打算用他收获的那些知识做什么。

"做什么?什么也不做,"他回答道,"我喜欢事实,我想要求知。无论我去什么地方,都会阅读有关它的一切,学习当地的历史、动植物分布以及风俗民情,让自己熟悉他们的文学和艺术。我可以就我去过的每一个国家写一部权威著作。我是一座知识的宝库。"

"那正是我刚才想到的话。可是那些对你毫无意义的知识究竟有什么用处?没有用武之地的知识不过是一道通往空白墙壁的台阶。"

"我不同意你的说法。知识本身就像你捡起来别在上衣翻领上的一枚别针,或者你解开而不是剪开,收在抽屉里的一条包装绳。不知道什么时候就能派上用场。"

为了表明他的比喻并非随意选取,捷克斯洛伐克人翻起外套的下摆(因为那件外套没有翻领),给我看整整齐齐地别成一排的四枚别针。

六

我从蒲甘再次搭上汽船,打算去曼德勒。在抵达那里的两天前,船在河边的一个村庄停靠时,我决定上岸。船长告诉我那里有一个很不错的俱乐部,我尽管去,不必拘束,经常有乘客在那里下船,他们已经习惯了陌生人的到来,俱乐部干事是个非常亲切的家伙;说不定我还能找人打一局桥牌。我反正无事可做,便坐上一辆在观光码头候客的牛车去了那里。俱乐部的门廊上坐着一个人,见我走近,朝我点点头,问我是要威士忌苏打还是苦味杜松子酒。他甚至完全没有想过也许我什么都不想要。我选了比较大杯的那种,坐了下来。那个人又高又瘦,皮肤晒成了古铜色,蓄着两撇大八字胡,穿一身卡其布短裤衬衫。我不知道他的名字,不过在我们闲聊了一会儿之后,另一个人走进来,自我介绍说他是俱乐部干事。他称呼那位朋友为乔治。

"你妻子给你来信了吗?"他问。

乔治的眼睛亮了起来。

"来了,这一班刚刚收到的。她玩得很开心。"

"她有没有叫你不要着急?"

乔治轻轻一笑,可是那笑声中仿佛隐隐带着哭——是我听错了吗?

"她是这么说的。但说来容易做来难。我当然知道她想要一个假期,我也很高兴她能去休假,可是对男人来说,这实在是种煎熬,"他转头对我说,"要知道,这是我第一次和我太太分开,离了她,我就像条丧家之犬。"

"你们结婚多久了?"

"五分钟。"

俱乐部干事笑了。

"别闹了,乔治。你们结婚八年了。"

我们又聊了一会儿,乔治看了看表,说他得回去换身衣服吃晚餐就离开了。干事目送他消失在夜色中,脸上露出善意的嘲谑笑容。

"他现在孤零零的一个人,我们有什么事都尽量叫上他,"他告诉我,"自从他妻子回国后,他整天闷闷不乐。"

"如果她知道丈夫对她如此忠诚,一定很高兴。"

"梅布尔可是个了不起的女人。"

他叫来侍者,又点了些酒。在这个好客的地方,他们并不问你,而是理所当然地认为你会喝几杯。他舒舒服服地坐在长椅上,点上一支方头雪茄,给我讲了乔治和梅布尔的故事。

他们是在他回国休假时订的婚,他回缅甸时跟她约好,六个月后她来和他成婚。然而意外接踵而至:梅布尔的父亲去世,战争爆发,乔治被派到一个白种女性不宜前往的地区工作。到她终于能够动身,时间已经过去了七年。婚礼定在她抵达的当天举行,他将一切安排妥当便前往仰光接她。在船到达的那天早上,他借了一辆汽车开去码头。他在码头上来回踱着步。

就在这时,他的勇气突然毫无征兆地消失了。他已经七年没有见过梅布尔,已经忘记了她的样子。她现在完全是个陌生人。他感到心往下沉,膝盖也开始打战。他不能举行婚礼了。他必须告诉梅布尔他很抱歉,但是他不能,真的不能和她结婚了。可是一个男人怎么能对一个同他订婚七年、从六千英里外远道而来和他结婚的姑娘说这种话呢?他开不了口。绝望之中,乔治生出了一股勇气。码头上有一艘船正要启航前往新加坡,他匆匆给梅布尔写了封信,没有带任何行李,只穿着身上的衣服就跳上了船。梅布尔收到的信大致内容如下:

亲爱的梅布尔:

我突然被叫去出差,不知何时才能回来。我认为你先回英国最为明智。我的安排尚不确定。

爱你的乔治

然而当他抵达新加坡时,他发现一封电报在等着他。

完全理解,勿念。爱你。梅布尔。

恐惧使他的头脑转得飞快。

"天哪,我相信她在跟着我。"他说。

他发电报给仰光的船务公司,果不其然,她的名字就在一艘正驶往新加坡的客轮的乘客名单上。一刻也不能耽误。他跳上了去曼谷的火车。但他仍不放心,她可以轻而易举地查到他去了曼谷,并且可以像他一样毫不费力地乘火车前往。幸运的是,第二天有一艘法国的不定期货船前往西贡。到了西贡他就安全了,她绝对想不到他会去那里;即使想到了,现在她也该领会他的暗示了。从曼谷到西贡一共五天的航程,船上又脏又挤很不舒服。抵达西贡时他很高兴,坐上人力车去了旅馆。他在来客登记簿上签过名字,立刻有一封电报交到他手上。上面只有两个词:爱你,梅布尔。它们足以让他惊出一身冷汗。

"下一班去香港的船是什么时候?"他问。

他的逃跑行动现在变得认真起来。他坐船去香港,但不敢停留;他去了马尼拉,那里同样危险;他又去了上海,仍然提心吊胆,每次走出旅馆的大门,他都担心会跟梅布尔撞个满怀;不,上海也不行。唯一的办法是去横滨。在横滨大饭店,一封电报在等着他。

"很遗憾在马尼拉错过了你。爱你,梅布尔。"

他焦躁不安地反复查看航运信息。她现在在哪里?他原路返回了上海。这一次他径直走进俱乐部要电报。对方将电报递给他。

"马上就到。爱你,梅布尔。"

哦,不,想逮住他可没有这么容易。他已经计划好了。扬子江是一条很长的河流,正在进入枯水期。他刚好可以赶上去重庆的最后一班轮船,接下来直到来年春天都没有人能再从水路前往那里,除非乘坐帆船,而这对一位孤身女子来说是完全不可能的。他去了汉口,然后取道宜昌,在宜昌换船,越过重重的急流险滩抵达重庆。但此时的他已经无所顾忌,只想确保万无一失:距离重庆四百英里有一个地方叫成都,是四川的首府,只能由陆路前往,沿途匪盗横行。到了那儿他就安全了。

乔治雇齐轿夫和苦力出发了。当他看到那座孤独的中国城市筑有雉堞的城墙时,终于松了口气。日落时,从城墙上可以望见西藏的雪山。

他终于可以放心了:梅布尔绝不会找到这里来。领事碰巧是他的一个朋友,他就住在他那儿。他享受着豪宅的舒适,享受着穿越亚洲艰苦逃亡之后的闲适,而最重要的是,他享受着无比美妙的安全感。时间就这样一周一周缓慢地过去了。

一天早上,乔治和领事正在院子里查看一个中国人拿来给他们过目的古玩,领事馆的大门口传来一阵响亮的敲门声。门房把门打开。一顶四抬轿子被抬进来放在院中。梅布尔走下轿子,从容,整洁,神清气爽。从她的外表完全看不出她在路上走了两个星期。乔治吓呆了,面如死灰。她走到他面前。

"嗨,乔治,我真担心又错过了你。"

"嗨,梅布尔。"他结结巴巴地说。

他不知道该说什么。他朝两边看看:她就站在他和大门中间。她看着他,蓝眼睛里带着笑意。

"你一点也没变,"她说,"七年时间可以让男人的样子完全垮掉,我担心你会变得又秃又胖。我一直都很紧张。如果这么多年过去,我最终没能说服自己嫁给你,那就太可怕了。"

她转向乔治的主人。

"您是领事?"她问。

"是的。"

"很好。我准备洗过澡就和他结婚。"

她确实这样做了。

七

　　曼德勒首先是一个名字。有些地方的名字由于某种历史的偶然或美好的联想而独具魅力，明智的人也许永远不会造访那里，因为盛名之下往往其实难副。名字有自己的生命力，尽管如今的特拉比松①可能只是一个贫穷的村庄，但这个名字的魔力一定会在所有健全的头脑中为它披上帝国的盛装；还有撒马尔罕②，在写下这个名字时谁能不心跳加速，心头涌起一股壮志未酬的痛苦。伊洛瓦底这个名字本身就向敏感的想象诉说了江水的宽广和浑浊。曼德勒的街道宽阔笔直，尘土飞扬，熙熙攘攘，沐浴在耀眼的阳光下。有轨电车载着喧哗的乘客隆隆驶过，座位和通道上拥挤不堪，就连脚踏板上都站满了人，好似熟透的芒果上聚满了苍蝇。那些房屋，连同它们的阳台和门廊，看起来就像凋敝的西部小镇主街上的房屋一样肮脏凌乱。这里没有狭窄的小街僻巷任想象漫游其间，寻找那些超乎想象的事物。这不要紧：曼德勒有名，这个可爱的词语那下降的语调自会为它蒙上一层若隐若现的浪漫情调。

　　但曼德勒还有城堡。城堡周围是高大的城墙，城墙外有护城河环绕。城堡中矗立着王宫，锡袍王③的政府官署和大臣们的住所在被拆除之前也在这里。城墙上每隔一段距离就有一个用石灰刷成白色的门洞，门洞上方是瞭望台，外观好像中国园林里的凉亭；棱堡上的柚木亭子造型过于奇特，令人无法想象它们能承担什么军事用途。城墙由巨大的土坯建造，颜色是暗玫红色。城墙脚下是一片宽阔的草地，密集地种植着罗望子、肉桂和金合欢树；一群棕色的绵羊迈着坚定的步伐缓慢而专注地啃食着肥美的青草。到了晚上，可以看到穿彩裙戴鲜艳头巾的缅甸人三三两两地在这里散步。他们是身材矮小、体格健壮的棕种人，面部略带一些蒙古人种的特征。他们走得小心翼翼，仿佛他们是这块土地的所有者和耕种者。他们不像从旁边经过的印度人那样有一种不以为然的优雅风度；他们没有他那样精致的五官，也没有他那种慵懒柔媚的气质。他们很爱笑，是快乐、开朗、随和的人。

　　护城河宽阔的水面上清晰地倒映着红墙绿树和衣着艳丽的缅甸人的身影。河水静止不动，但并非死水一潭，平静如同一只戴着金冠的天鹅在水面停驻。在清晨和日落时分，它的颜色具有色粉画的柔和倦怠，具有油画的半透明感，而没有它的凝滞。光线有如一位魔术师，信手涂抹着他刚刚创造出来的色彩，很快又会将它们随手抹去。你屏住呼吸，因为你相信这样的色彩效果转瞬即逝。你满怀期待地注视着它，就像在读一首格律有些复杂的诗歌时，竖起耳朵期待那姗姗来迟的韵脚完成音调的和谐。日落时分，西天的云彩变成灿烂的红霞，城墙、树木和护城河全都沐浴在夕阳的光辉中；夜晚的满月下，白色的城门洞银光流溢，上方的城楼在天空的剪影中微光闪烁，景象撼人心魄。你试图保护自己，说这不是真的。这不是那种润物无声的美，愉悦和抚慰你受伤的心灵，也不是那种可以被你握在手中据为己有的美，你无法将它与你熟悉的美并列；这是一种强烈冲击你的感官，使你震惊使你窒息的美，没有平静没有克制，就像一把火猛然将你吞噬，大火过处，留下惊魂未定空无所有的你奇迹般地生还。

---

① 位于土耳其东北，特拉比松帝国是从拜占庭帝国分裂出的三个帝国之一。
② 中亚最古老的城市之一，曾为帖木尔帝国的首都。该帝国于16世纪初灭亡。
③ 锡袍（1859—1916），缅甸贡榜王朝的末代国王，英国占领全缅后被流放印度。王后素苴遥莱。

八

曼德勒王宫建在一个巨大的广场上，周围环绕着低矮的白墙，走上一小段台阶，便来到了王宫所在的平台。从前，这一大片地方都盖满了房子；如今，妃嫔和宫女们的住处等许多建筑都已被拆除，它们曾经伫立过的地方现在变成了如茵的草地。

进入王宫，首先看到一个长长的接见室，然后是觐见室、更服室、另外几间觐见室和内室，在它们两侧是国王、后妃和公主们的寝宫。觐见室是一个谷仓似的轩敞的大厅，屋顶由高大的柱子支撑，那些柱子都是巨大的柚木，粗加工时斧凿留下的痕迹依然清晰可见，柱子上面刷漆涂金；墙壁只是粗略刨平的厚木板，同样刷漆涂金。金漆已经磨损褪色。不知为什么，这种粗糙的工艺和金漆之间的反差给人一种特殊的华丽之感。每栋建筑都很像瑞士农舍，单独看上去并不起眼，但整体来看，它们就隐约具有了一种令人心动的壮观的感觉。屋顶、栏杆和室内隔墙上的装饰雕刻做工粗糙，但它们的设计大都典雅华贵。宫殿的建造者利用那些最不协调的元素，以最出人意料的方式营造出一种富丽堂皇的效果，使人感觉这里或许正适合东方的君主居住。许多地方以花色繁多的马赛克图案作为装饰，它们由无数片小镜子、白色和彩色玻璃镶嵌而成：你会说没有比这更丑的东西了（让你想起童年时在马盖特①码头看到的那种东西，结束一天的郊游后，你骄傲地把它作为礼物带回去送给一位沮丧的亲戚），然而奇怪的是，它们予人的观感不仅奢华，而且愉悦。镶嵌着玻璃拼花的屏风和隔墙雕刻得如此粗糙，以至于那些玻璃碎片丝毫没有花哨廉价的感觉，而像是褪去光泽的宝石在结实的地子上幽幽地闪烁着光芒。这不是那种更具力量和活力、更加粗犷的野蛮人的艺术,而是一种蒙昧的,或者说是孩子气的艺术;在某种程度上,它是琐屑和柔弱的,正是它的粗糙(仿佛工匠们用摇摆不定的风格从自己的头脑中重新创造每一个熟悉的图案)赋予了它个性。你感觉这些人正在迷茫中探索美的起源,他们就像丛林居民或孩子那样对闪闪发亮的东西感到着迷。

曾经装点过这座宫殿的华丽的帷幔和镀金的家具如今已消失不见。你走过一个个房间,它就像一栋很久没有租出去的房子。似乎没有人到访此地。黄昏时分,这些曾经金碧辉煌、如今已空寂无人的房间变得阴森可怖。你放轻脚步,以免打扰那散发着淡淡香气的寂静。你站在那里,惊奇地看着这片空荡荡的建筑,无法相信就在不久之前,这里还曾上演过匪夷所思的阴谋和汹涌澎湃的激情。发生在这里的传奇故事依然存在于人们的记忆中。不到五十年前,这座宫殿见证了一些在我们看来好像意大利文艺复兴时期或拜占庭时期那样遥远而充满戏剧性的事件。我被带去见一位老夫人,她年轻时曾经影响了历史的进程。她身材矮胖,穿着素淡的黑白两色衣裙,透过金边眼镜,用平静而略带嘲弄的目光看着我。她的父亲是希腊人,曾为敏东王②效力,因此她被任命为王后素蓓遥莱的侍女。不久,她嫁给了国王一艘内河船的英国船长,但他去世了,经过一段适当的间隔,她和一个法国人订了婚。(她说话的声音很低,带有极不明显的外国口音;在她周围嗡嗡营营的苍蝇似乎并未打扰到她,她端庄地两手相扣放在膝上。)法国人回国,在马赛娶了一个本国女人。过了这么多年,她已经不大记得他了;当然,她记得他的名字,也记得他有一部漂亮的小胡子,仅此而已。但在当时,她疯狂地

---

① 位于肯特郡东部的海滨城镇,度假胜地。
② 敏东(1808—1878),缅甸国王,锡袍的父亲。

爱着他。(她笑起来声音很轻,有些吓人,仿佛她的欢笑是一个鬼魂,而她所笑的也只是可笑的幻影。)她决心向他复仇。她仍然可以进入王宫。她拿到了锡袍王与法国人签订的一份条约草案,根据条约规定,上缅甸的所有势力范围都将交到法国人手中。她把草案拿给意大利领事,让他交给英国驻下缅甸①的首席专员,由此导致了英军向曼德勒的推进以及锡袍王的废黜和流放。是不是大仲马说过,在紧闭的门后发生的事比任何戏剧都更具戏剧性?在那副金边眼镜后面,老夫人平静而嘲弄的眼睛就是一扇紧闭的门,谁能说得清在这扇门后依然存在着多少古怪的念头和多么狂乱的激情?她谈到素葩遥莱王后:她是一个很好的女人,人们对她太过刻薄;所有关于她煽动屠杀的传闻都是胡说八道!

"我可以肯定的是,她最多不过杀了两三个人。"老夫人微微耸了耸肥胖的肩膀,"两三个人!有什么好大惊小怪的?人命本就贱如草芥。"

我喝了一杯茶,有人打开了留声机。

---

① 上缅甸是缅甸北部和中部,以曼德勒为中心,下缅甸是缅甸南部沿海地区,以仰光为中心。

九

虽然我不是一个锲而不舍的观光客,但我还是去了阿马拉布拉①,这里曾经是缅甸的首都,现在是一个零乱的村庄,道路两旁生长着高大的罗望子树,树荫下丝织工人正在劳作。罗望子树是一种高贵的树木,树干粗糙布满节疤,与顺水漂流的柚木一样色泽暗淡,树根虬结,好像在地面上剧烈扭动的巨蛇;但它的叶子和蕨类相似,是花边状的,虽然纤细,却十分浓密,洒下一片浓荫。它就像一位老农的上了年纪的妻子,硬朗矍铄,穿着与自己并不相称的蓬松的薄纱衫。绿鸠在枝头栖息。男人和女人坐在他们的小房子外面,纺纱或者将丝线绕在线轴上,他们的眼睛温柔友善。孩子们在他们身边玩耍,流浪狗躺在路中间睡觉。他们似乎过着勤劳、幸福、平静的生活,你的脑海中闪过一个念头,这里的人们对存在的奥秘至少已经找到了一种解答。

之后我去参观了敏贡的大钟。这里有一座尼姑庵,我站在那里观看的时候,一群尼姑围了过来。她们穿着与僧人同样形制的长袍,但不是僧袍那种鲜亮的黄色,而是污浊的暗褐色。这是些牙齿掉光的小老太太,剃过的头上长着寸把长的稀疏灰白的发茬,苍老的小脸刻满深深的皱纹。她们伸出瘦骨嶙峋的手要钱,牙床干瘪的嘴里发出急促而含混的声音。她们的黑眼睛机警而贪婪,她们的笑容淘气任性。她们已是迟暮之年,在人世间无牵无挂。她们似乎以一种幽默的态度冷眼看待这个世界。她们经历过人生的种种幻觉,对生活抱着恶意嘲笑的轻蔑态度。她们不能忍受人们的愚蠢,也不纵容他们的软弱。她们对人间事物毫无眷恋,这种态度令人隐隐感到不安。她们已经不再有爱,不再有分离的痛苦,死亡也无法吓倒她们,除了笑,她们现在一无所有。她们敲响大钟,让我听它的声音;当,当,低沉悠扬的钟声在河面上徐徐回荡,庄严的声音似乎将灵魂从它的栖息之所召唤出来,提醒它,虽然万物皆为虚幻,虚幻之中仍有美好;尼姑们随着钟声发出哈哈哈的放肆的笑声,嘲笑大钟的召唤。傻瓜,她们的笑声说道,傻瓜和笨蛋。笑是唯一的真实。

---

① 位于曼德勒城南不远的一座古城。

十

离开科伦坡时,我并没有去景栋①的想法,但我在船上遇到一个人,对我说他在那边待了五年。他说当地有一个重要的集市,五日一集,六七个国家几十个部落的居民都会前去赶集。那里有神秘壮丽的宝塔,而且远离尘嚣,能够使求索的心灵从焦虑中得到解脱。他说他宁愿住在那里,也不愿去世界上任何其他地方。我问他那里给了他什么,他回答说:满足。他高大黝黑,神情疏离,你经常能从那些在人迹罕至的地方独自生活过的人身上见到这种神情。这种人在同别人交往时总是有一些不安,虽然在船上的吸烟室或俱乐部的酒吧里他们也会谈笑风生,和别人一起讲故事,开玩笑,有时也乐于讲述自己那些不寻常的经历,但他们似乎总是有所保留。他们有着从不对人提及的一种生活,有着一种目光,似乎在反观内心,使你明白这种隐秘的生活才是唯一对他们有意义的。他们的眼中不时流露出对社交活动的厌倦,他们只是出于偶然或者迫于被当作怪人的恐惧才暂时参与其中。彼时的他们似乎渴望在自己喜欢的某个地方享受单调的孤独,在那里,他们可以再次与他们发现的真实独处。

正是由于这次偶遇,那个人的神情和他的话语使我踏上了这段穿越掸邦的旅程。从上缅甸的铁路尽头到暹罗的铁路起点(我可以从那里前往曼谷),中间有六七百英里的路程。好心的人们尽一切可能使我的旅行变得轻松,驻东枝的专员给我发来电报,说他已经安排好骡马,等我一到即可使用。我在仰光买了一些我认为会用到的物品,包括几把折叠椅、一张桌子、一个过滤器、几盏灯和另外几样我叫不出名字的东西。我从曼德勒坐火车前往达西，打算在那儿雇一辆车去东枝，我在曼德勒的俱乐部里认识的一个人就住在达西，他邀请我出发前和他一起吃一顿早午餐（缅甸人将早餐和午餐合二为一的愉快的一餐）。他的名字叫马斯特森，三十出头的年纪，长着一张和善可亲的脸，一双漂亮的黑眼睛，拳曲的黑发略微有些斑白。他的声音特别悦耳，说起话来慢条斯理，不知为什么，这让人对他产生一种信任感。你相信一个花这么长时间说他想说的话，并且发现世人有足够的闲暇听他说话的人，必定有某些讨人喜欢的品质。他将人类的亲切友好视为理所当然，我猜他之所以这么想，只因为他自己就是亲切友好的人。他有很好的幽默感，不是辛辣的机锋，而是温和的讽刺，是那种将常识应用于生活中的意外事件，从而看出其荒谬之处的令人愉快的类型。他从事的职业使他一年中的大部分时间都在缅甸各地旅行，在旅行中他养成了收藏的习惯。他告诉我，他把所有闲钱都花在了购买缅甸古玩上，而他请我吃饭主要就是为了让我看他的藏品。

火车一早就到了。他提前跟我打过招呼，说他公务在身，不能去车站接我；不过早午餐是在上午十点，因此他叫我把我在镇上要办的一两件事办好就去他家。

"别见外，"他说，"想喝什么就问男仆要。我把事情办完就回来。"

我找到一个有车库的地方，和一辆非常破旧的福特车的主人谈好价钱，拉我和行李去东枝。我把我的马德拉斯仆人留下，让他尽可能把所有东西都装到车上，装不下的就绑在脚踏板上，然后我就步行去了马斯特森家。那是位于林荫路上的一栋整洁的小平房，在

---

① 位于缅甸东部，是掸邦的主要城镇。

晴朗的晨光中显得漂亮而温馨。我走上台阶,马斯特森朝我打声招呼。

"我的工作完成得比我预想的快。早午餐准备好之前,还有时间给你看一下我的收藏。你想喝点什么?恐怕我只有威士忌苏打可以招待你。"

"现在喝酒是不是太早了些?"

"是的。但这是这个家的规矩之一,不喝一杯就不许进门。"

"那我只好客随主便了。"

他呼叫男仆,不一会儿,一个衣着整洁的缅甸人将酒瓶、苏打水瓶和酒杯拿了过来。我坐下来打量房间。虽然时间还早,外面已是烈日炎炎,百叶窗也已经放了下来。走过路上那耀眼的阳光,屋内的光线宜人而凉爽。房间里摆放着舒适的藤椅,墙上挂着英格兰风景水彩画。那些画有些拘谨,有些老派,我猜是主人未婚的姨母在年轻时画的。其中有两幅是我不认识的一座大教堂,两三幅玫瑰园,还有一幅乔治王朝时期风格的房子。当他看到我的目光在画上停留了片刻时,他说:

"那是我们在切尔滕纳姆①的房子。"

"哦,你是那里人吗?"

然后是他的收藏。房间里堆满了佛陀和佛陀弟子的铜制或木制雕像;各种形状的匣子,各式各样的器皿,形形色色的古玩,虽然数量众多,却布置得很有品位,看起来赏心悦目。他有一些很漂亮的收藏。他骄傲地向我展示它们,告诉我这件或那件是如何得来的,另一件是如何听说、如何找到并如何巧妙地诱使原来的主人忍痛割爱的。在讲到一笔特别划算的交易时,他那友善的眼睛闪闪发

---

① 英格兰西南部城市。

亮,而在抱怨某个不可理喻的卖家不肯接受公道的价格将一个铜盘卖给他时,他的眼神则黯淡下去。房间里有鲜花,不像许多客居东方的单身汉家里那样凄凉。

"你把家里布置得很舒适。"我说。

他扫视了一下房间。

"从前还好。现在谈不上了。"

我不大明白他的意思。他拿出一个狭长的涂金木匣,上面镶嵌着我在曼德勒王宫欣赏过的那种玻璃拼花图案,但做工比我之前见到的都要精细,它那宝石般的华丽精致真有几分意大利文艺复兴时期的风采。

"他们说它有几百年的历史,"他说,"他们已经很久做不出这么好的东西了。"

这显然是一件为王宫制作的物品,你会想知道它曾有过什么用途,经过什么人的手。这是一件宝贝。

"里面是什么样子的?"我问。

"哦,没什么,只是上了漆。"

他打开它,我看到里面有三四张镶着镜框的照片。

"哦,我忘了它们在这里了。"他说。

他那柔和悦耳的声音变得有些异样,我瞟了他一眼。他被阳光晒成了古铜色,但依然能看出他的脸涨得通红。他正要关上匣子,又改变了主意。他拿出一张照片给我看。

"有些缅甸女孩年轻时很可爱,不是吗?"他说。

照片上,一个年轻女孩有些害羞地站在照相馆里常见的背景——一座宝塔和几株棕榈树前面。她穿着自己最好的衣服,头发上插着一朵花。看得出来,她拍照时有些拘谨,但那并不妨碍她的唇上漾起一抹羞涩的微笑,严肃的大眼睛里闪动着一点调皮的光芒。她很娇小,很苗条。

"真是个迷人的小东西。"我说。

马斯特森又拿出一张照片,照片里的她坐着,怀中抱着一个婴儿,一个男孩站在她身边,手怯生生地放在她膝上,两眼直盯盯地看着前方,脸上带着惊恐的表情;他不明白那台机器和机器后面把头钻到黑布下面的那个人在做什么。

"这是她的孩子?"我问。

"也是我的。"马斯特森说。

这时,男仆进来说早午餐准备好了。我们走进餐厅坐下。

"我不知道你会吃到什么。自从我的女人走后,家里的一切都变得一团糟。"

他那张诚实的红脸上现出愠怒的表情,我不知该如何回答。

"我饿极了,无论吃什么都好吃。"我试探着说。

他没有作声。一盘薄粥放在我面前,我加了些牛奶和糖。马斯特森吃了一两勺,把盘子推到一边。

"要是我没看那些该死的照片就好了,"他说,"我是特意把它们收起来的。"

我不想多管闲事,或者强迫主人说出他不愿说的秘密,但我同样不希望显得漠不关心,妨碍他对我吐露心声。在丛林中的孤独哨所,或者热闹的中国城市里的孤单宅邸,经常有人向我讲述自己的故事,而我确信那些故事他们此前从未对人提起。我们萍水相逢,以前没有见过,将来也不会再见,我是他们单调生活中的匆匆过客,某种压抑已久的冲动使他们对我敞开心扉。就这样,我在一个晚上(只需一两瓶苏打水和一瓶威士忌,两人对坐小酌,便可将充满敌意、难以理解的世界挡在乙炔灯的光晕之外)对人的了解比我认识他们十年所能了解的还多。如果你对人性有兴趣,这就是旅行最大

的乐趣之一。当你们分开时(因为你第二天必须早起),他们有时会对你说:

"恐怕我这些无聊话让你烦死了。我已经六个月没说过这么多了,不过,把它们都说出来感觉真好。"

男仆撤走粥盘,给我们每人上了一块灰白的炸鱼。鱼已经凉了。

"这鱼很难吃,不是吗?"马斯特森说。"我讨厌河鱼,除了鳟鱼;唯一的办法只有淋上厚厚一层伍斯特沙司①。"

他往盘里倒了许多沙司,然后把瓶子递给我。

"她是个理家的好手,我的女人;她还在的时候,我吃得可好了。如果厨子把这种垃圾端上来,不消一刻钟就会被她赶出去。"

他朝我笑笑,我注意到他的笑容很甜,使他显得特别温柔。

"和她分手是件很痛苦的事,你知道。"

显然他此时很想找人倾诉,于是我毫不犹豫地接过话头。

"你们吵架了?"

"没有,那几乎不能算是吵架。她和我一起生活了五年,我们连嘴都没有拌过。她是这世上脾气最好的小东西。从来不生气,永远都那么高兴。无论什么时候看见她,她的嘴角都绽着笑容。她总是很快乐。她没有理由不快乐,我对她很好。"

"我相信是这样。"我回答。

"她是这里的女主人。我给了她她想要的一切。也许,如果我更粗暴一些,她就不会离开了。"

"我不想说那些老生常谈,可是女人是难以捉摸的。"

他不以为然地看了我一眼,眼中闪过带有一丝羞涩的笑意。

---

① 伍斯特是英格兰中西部城市,伍斯特沙司即英国"原版"的辣酱油。

"如果我讲给你听,你会不会觉得很烦?"

"当然不会。"

"是这样,有一天我在街上看到她,对她一见钟情。我给你看过她的照片,可她比照片漂亮多了。这样形容一个缅甸女孩也许很傻,但她就像一朵玫瑰花蕾,不是英国玫瑰,你知道,她们的差别就像我给你看的那个匣子上的玻璃花和真花的差别一样大,她是一朵生长在东方花园里的富有异国情调的玫瑰。我不知道怎么把我的意思说明白。"

"我想我明白你的意思。"我笑着说。

"我见过她两三次,查到了她的住址。我派仆人前去打听她的情况,他告诉我只要条件谈妥,她的父母愿意把她交给我。我不喜欢讨价还价,事情很快就定了下来。她家办了喜酒,她就住到我这来了。当然,我在方方面面都把她当妻子一样对待,我让她掌管这个家。我叫仆人必须听她吩咐,她对谁不满,谁就得走人。你知道,有些人让他们的女人住在仆人的房间,当他们去外地任职时,那些女人的日子可就不好过了。嗯,我认为那种做法很卑鄙。假如你想找个女人和你一起生活,至少要保证她过得愉快。

"她很会当家,我的日子过得非常舒心。她把家里收拾得一尘不染。她帮我省钱。她不准仆人偷我的东西。我教她打桥牌,相信我,她学会之后打得一手好牌。"

"她喜欢这种生活吗?"

"喜欢极了。家里来客人时,就是公爵夫人也不会比她接待得更好。你知道,这些缅甸人举止优雅。有时,看着她那么自信地招待我的客人——那些政府官员,还有路过的军人——我会得意地笑出声来。如果哪个年轻的下级军官表现得有些拘谨,她很快就能让他放松下来。她从不过分殷勤,也不会打扰别人,只会在需要她的时候尽力将一切安排得井井有条,让每个人都玩得尽兴。我敢说,从仰光到八莫①,你再找不到哪家的鸡尾酒比她调的更可口了。人们常说我运气好。"

"不得不说,我认为你的确幸运。"我说。

咖喱上桌了,我盛了一大盘米饭,又盛了一些鸡肉,然后从一打小碟中选出我喜欢的佐料。咖喱很美味。

"后来她生了孩子,三年生了三个,但有一个在六周大时就死了。我给你看的是另外两个孩子的照片。小家伙们长得很有趣,不是吗?你喜欢孩子吗?"

"喜欢。我对新生的婴儿有种异乎寻常的喜爱。"

"我想我并不喜欢小孩,你知道。我甚至对自己的孩子都没有什么感觉。我常想,这是否表明我是个无赖。"

"我不这么认为。我认为许多人对孩子的爱只不过是一种时髦的姿态。我认为不让孩子背负太多父母的爱反而更好。"

"后来,我的女人要我娶她,我是说,像英国人那样和她缔结合法婚姻。我把那当作一句玩笑。我不知道她怎么会有这种念头。我以为她只是一时心血来潮,便送了一只金手镯安抚她。但那不是心血来潮。她很认真。我告诉她不行。可是你知道女人的脾气,一旦她们决心得到什么,就绝不会让你有片刻安宁。她时而甜言蜜语,时而闷不作声,她哭过,哀求过,她试图趁我喝醉时哄我做出承诺,她在我对她温情脉脉时寻找时机,她生病时险些让我一时心软铸成大错。我感觉,她对我比股票经纪人对市场还要盯得紧,我知道,无论她的神态多么自然,无论别的事情让她多么忙碌,她时刻都在保持警惕,准备在我没有防备的时候扑上来,说服我同意她的

---

① 缅甸北部城市。

要求。"

马斯特森又缓慢而真诚地朝我笑一笑。

"我猜全世界的女人都差不多。"他说。

"我想也是。"我回答。

"我始终无法理解的是,为什么女人认为值得花费力气强迫你做你不想做的事。她宁愿你做一件违背你意愿的事,也不想让你什么都不做。我不明白她们从中能得到什么满足。"

"胜利的满足。一个被迫违背自己意愿的男人也许并没有改变想法,但女人不在乎这个。她胜利了。她证明了自己的力量。"

马斯特森耸耸肩。他喝了一杯茶。

"你看,她说我迟早会娶一个英国女人,然后把她扫地出门。我说我没打算结婚。她说她全都明白。她说即使我不结婚,总有一天我会退休回英国。到那时她怎么办?这种状况持续了一年。我始终没有让步。后来她说,如果我不和她结婚,她就带着孩子离开。我叫她不要犯傻。她说如果现在离开我,她还可以嫁一个缅甸人,但是如果再拖几年,就没有人会要她了。她开始收拾行李。我认为那不过是虚张声势,于是我跟她摊牌,说:'好啊,你要走就走吧,可是你走了之后就不要再回来。'我认为她不会放弃这么漂亮的房子,放弃我送给她的礼物以及所有其他的好处,回到她自己家里。她的家庭一贫如洗。她继续收拾东西。她对我还像之前一样好,她依然快乐,依然面带笑容;有朋友晚上来家里做客时,她依然像往常一样热情招待,和我们玩桥牌一直到凌晨两点。我不相信她真的会走,但我还是有些担心。我很喜欢她。她是个非常好的女人。"

"可是既然你喜欢她,为什么不和她结婚呢?你们会很幸福的。"

"我告诉你为什么。如果我和她结婚,我将不得不在缅甸度过余生。我迟早要退休,退休后我想回故乡生活。我不想死后葬在异国他乡,我想葬在英国的教堂墓园里。我在这儿过得很愉快,但我不想永远生活在这里。我做不到。我想回英国。有时我真受够了这里炽热的阳光和那些艳俗的色彩。我想要灰蒙蒙的天空、绵绵的细雨和乡村的气息。我回国时应该已经是一个可笑的胖老头了,即使负担得起,也已经老得无法去打猎,但我还可以钓鱼。我不想打老虎,我只想打野兔。我还可以去正规的高尔夫球场打高尔夫。我知道我将在自己的故乡成为一个外人,我们这些在海外度过大半生的人都是这样,但我可以去当地的俱乐部消磨时光,和从印度退休回国的人说说话。我想感受双脚踏在英国乡村小镇的灰色路面上的感觉,我想能去跟屠夫吵一架,因为他前一天送来的牛排太老,我想去逛旧书店。我希望在街上遇到那些从小就认识我的人跟我打招呼。我希望我的房子后面有一个带围墙的花园可以种玫瑰。我猜这些事在你听来都很平凡,乡气又无聊,但这就是我家乡的人们一直以来的生活,也是我自己想要的生活。你可以说这是一个梦,但它是我的全部,它对我意味着世间的一切,我不能放弃。"

他停顿片刻,看着我的眼睛。

"你是不是认为我很傻?"

"不。"

"一天早上,她过来对我说她要走了。她叫人把她的东西装到车上,即便到了这个时候,我仍然不相信她是认真的。她把两个孩子抱到人力车上,回来跟我道别。她哭了。天啊,那真让我难受。我问她是不是真的要走,她说是的,除非我和她结婚。我摇了摇头。我差一点就屈服了。恐怕我当时也哭了。后来她痛哭着跑了出去。我不得不喝了大约半杯威士忌让自己平静下来。"

"这是多久以前的事?"

"四个月前。起初我以为她会回来,后来我想她也许不好意思迈出第一步,于是我派仆人告诉她,如果她想回来,我会接受她。但她拒绝了。她一走,整个家似乎都跟着空了。起初我以为自己会慢慢习惯,但不知为什么,那种空虚感丝毫也没有减少。我不知道她对我有多重要。她始终萦绕在我心头。"

"我想如果你同意和她结婚,她会回来的。"

"是啊,她就是这么对仆人说的。有时我问自己,为了一个梦牺牲自己的幸福究竟值不值得。那只是一个梦,不是吗?可笑的是,令我止步不前的一个原因是,我想到我熟悉的一条泥泞的小路,两边都是巨大的黏土堆,上面是树枝弯垂的山毛榉树。那里有一种冰冷的泥土的味道,我永远都无法将它从鼻孔中完全赶走。我不怪她,你知道。我很佩服她。我没想到她这么有个性。有时我真想让步,"他迟疑了一下,"我想,也许,如果我相信她爱我,我会让步。可是她当然不爱;这些和白人同居的女孩,她们从来不爱对方。我想她喜欢我,仅此而已。如果你是我,你会怎么做?"

"哦,我亲爱的朋友,我怎么知道呢?你会忘记那个梦吗?"

"永远不会。"

这时,男仆进来说我的马德拉斯仆人和福特车已经到了。马斯特森看了看表。

"你要出发了,是吗?我也得回办公室了。恐怕我的家务事已经让你听烦了。"

"一点也没有。"我说。

我们握手作别,我戴上遮阳盔,汽车开走时他朝我挥了挥手。

十一

我在东枝花了几天时间完成准备工作,之后便在一个清晨出发了。雨季已接近尾声,天还阴着,但天上的云已变得高远而明净。广阔的原野上,稀稀落落地生长着矮小的树木,但偶尔会见到一棵根系发达的大榕树,巨人般屹立在它们中间。它伫立在大地上,很适合作为崇拜的对象,有一种庄严的气象,仿佛它意识到自己战胜了大自然的盲目力量,此时就像一个对敌人的力量保持警觉的大国,在武装和平中暂时将息。它的脚下是掸人献给居住其中的神灵的供品。道路蜿蜒曲折地在平缓的山坡上时上时下,路的两旁摇曳着延伸到高原上的象草,它们的白色叶子在熏风中轻轻摇摆。象草有一人多高,骑马从中间走过时,感觉如同一位将军在检阅数不尽的高大的绿色士兵。

我骑行在队伍的最前头,驮行李的骡马跟在我后面。有一匹小马,也许是不习惯驮运货物,表现得非常顽劣。它有一双野性十足的眼睛,不时在驮队里乱窜一气,用背上的驮包撞那些骡子。每当这个时候,领头的骡子就会上前拦住它,把它赶到路边的长草中,制止它的胡闹。它们俩一动不动地对峙片刻,然后头骡默默地把小马领回队伍中它原先的位置。它心满意足地走着。它刚才已经撒过欢了,接下来无论如何都准备老实一会儿。领头的骡子头脑中的思想同笛卡尔头脑中的思想一样清晰明确①。队伍中有和平、秩序和幸福。走路时鼻子顶着前面骡子的尾巴,并且知道后面骡子的鼻子也顶着你的尾巴,这就是美德。同某些哲学家一样,骡子知道唯一的自由是做正确的事情的权力;任何其他权力都只是放纵。它们不会追究原因,它们只是劳作到死。②

但很快,我就迎面遭遇了一头一动不动地站在路中间的水牛。虽然我知道掸邦的水牛对我的肤色并不反感,不像中国水牛那样让白人敬而远之,但我不能肯定眼前的这头水牛是否对国籍有准确的概念,而且由于它长着巨大的双角,眼神也很不友好,因此我认为谨慎起见,还是绕道而行为好:尽管骡子和赶骡人都不可能有我这种顾虑,整个队伍依然跟随我进入了象草丛中。我不禁想到,盲目地遵从规则也许会给你带来许多不必要的麻烦。

由于前路有大把空闲时间无处消遣,我打算趁这次旅行期间将积压了许久的各种想法仔细思考梳理一番。有许多问题,诸如错误与邪恶、空间、时间、可能性与可变性等,我认为实在应该对它们得出一个自己的结论了。关于艺术和人生,我有许多话要对自己说,但我的想法就像旧货店里的物品一样杂乱无章,在我需要它们的时候却无从寻找。它们存在于我的意识的角落,好像收在五斗橱最里面的杂物,我只知道它们就在那里。其中有一些已经长时间没有拿出来拂拭清理过,新旧驳杂,令人汗颜;有一些已经没有用处,不如尽早扔进垃圾堆;还有一些则可以和新的想法和谐共存(例如一对早已被遗忘的安妮女王时代的汤匙,可以和经纪人刚从拍卖行里为你找到的四把汤匙凑成半打)。将所有东西打扫干净,拂去灰尘,整整齐齐、分门别类地在架子上放好,以便了解自己都有哪些存货,不失为一桩乐事。我决定在骑马穿越这个国家时,给自己的思想来一次彻底的大扫除。然而,领头的骡子脖子上挂着一只沙哑的铃铛,叮叮当当震天价响,使我的思考大受干扰。它就像卖松饼的小贩摇的铃铛,使我想起年轻时伦敦周日午后空荡荡的街道和灰暗、寒冷、

---

① 笛卡尔认为动物是机器,缺乏情感和意识。
② 引自丁尼生《轻骑兵队的冲锋》。

阴郁的天空。我用马刺催促我的小马快步向前,想要逃离那令人生厌的铃声,可是我刚一加速,那匹领头的骡子也开始加速,整个马队都跟着它跑了起来;我纵马飞奔,转瞬间那些骡呀马呀就乱哄哄地追了上来,背上的包袱丁零当啷颠荡作响;那只卖松饼的铃铛紧跟在我后面疯狂地响着,仿佛是为伦敦所有松饼制造者报丧的钟声。我对甩掉它们不再抱有希望,便重新放慢了脚步,驮队也跟着慢了下来;在我身后,领头的骡子拖着脚在空荡荡的体面的大街上来回走动,摇铃叫卖佐茶的松饼——松饼和烤面饼。我无法集中思路。至少在这一天,我只好无奈放弃进行严肃思考的尝试,为了打发时间,我创造了布伦金索普这个人物。

  对于作家而言,没有什么比赢得读者的尊重和敬意更令人快慰的了。让他发笑,他会把你看作一个微不足道的家伙,而以正确的方式令他厌烦,你的声名就有了保障。从前有个人名叫布伦金索普。他没有天赋,但他写了一本能够明显看出他的认真和诚挚、他的慎思和正直的书,尽管读起来索然无味,却没有人能不为之感动。评论家们无法将书读到终卷,但不能不承认作者崇高的目标和纯洁的目的。他们众口一词地热情称赞它,以至于所有自诩跟得上时代潮流的人都将它视为案头必备。《伦敦信使报》的评论员表示,他本希望这书是他自己写的。这是他所能想到的最高赞誉。布伦金索普先生对他的语法深感遗憾,但接受了他的赞美。伍尔夫夫人在布鲁姆斯伯里对它赞不绝口,奥斯伯特·西特韦尔[①]先生在切尔西对它叹赏有加,阿诺德·本涅特[②]先生在卡多根广场对它见解精到。时髦的放荡女人买它,以免别人认为她们除了使馆俱乐部和班廷氏减肥法外一无所知。参加午餐会的诗人谈论它,就好像他们真

[①] 奥斯伯特·西特韦尔(1892—1969),英国作家。
[②] 阿诺德·本涅特(1867—1931),英国小说家,批评家。

的从头到尾读过一样。省城的人们买它,好让那里的有德青年在傍晚茶时聚在一起增进才智。休·沃尔浦尔①先生为书的美国版作序。书店则将一摞摞的书摆在橱窗里,一边放一张作者照片,另一边放一张卡片,上面是一些重要评论的大段摘录。简而言之,这本书的流行风刮得如此强劲,乃至于出版商表示,如果这股畅销的风继续刮下去,他将不得不亲自读一下这本书了。布伦金索普先生成了名人。他被吕克昂②俱乐部邀请参加其年度晚宴。

就在布伦金索普先生的书达到这个令人眩晕的成功高度时,首相秘书向首相提交了国王生日授勋的名单。这位王国政府的要员疑虑地看着名单。

"一群卑鄙小人,"他说,"公众会为此大闹一场的。"

那位秘书是个民主派。

"谁在乎呢?"他说,"让他们闹去吧。"

"我们不能为艺术和文学做点什么吗?"首相提议道。

秘书说,几乎所有的皇家艺术院会员都已经是爵士了,如果再有其他人受封为爵士,现有的那些一定会闹翻天。

"我还以为多多益善呢。"首相轻描淡写地说。

"不是这样,"秘书回答道,"有头衔的会员越多,他们的经济价值就越低。"

"原来如此,"首相说,"可是英国就没有作家了吗?"

"我去调查一下。"秘书答道,他是贝利奥尔学院③的毕业生。

他去国家自由俱乐部打听,得知了霍尔·凯恩爵士④和詹姆

---

① 休·沃尔浦尔(1884—1941),英国小说家。
② 亚里士多德在雅典创办的学府名称。
③ 牛津大学的著名学院。
④ 霍尔·凯恩(1853—1931),英国小说家和剧作家,作品在20世纪初畅销。

斯·巴里爵士①的名字。但他们早已荣誉等身,除了嘉德勋章,似乎再没有什么可用来授予他们的了,但如果授予他们嘉德勋章,伦敦的市长大人显然会大为光火。然而首相态度坚决,秘书只能左右为难。不过,有一天他在店里刮脸的时候,理发师问他是否读过布伦金索普的书。

"我自己不大看书,"他说,"但我们这儿的巴勒斯小姐,就是上次给您修指甲的那位,她说这本书写得好极了。"

首相秘书正以紧跟文艺界动向为己任,他清楚地意识到布伦金索普的书是一部佳作。国家在表彰他的同时,也为自己赢得了荣誉,而且用准男爵称号和贵族头衔奖励一个不那么显要的人物的贡献,公众也更容易接受。但他承担不起任何风险,于是派人叫修甲师过来。

"你读过那本书吗?"他直截了当地问。

"不,先生,我自己并没有读过,但所有在我给他们修指甲时谈论它的先生都说它绝对是无价之宝。"

这次谈话的结果就是,秘书将布伦金索普的名字提交给首相,并且对他说了书的事。

"你自己怎么看?"那位大人物问。

"我没看过,我不看书,"秘书冷冷地回答,"但和它有关的事没有什么是我不知道的。"

布伦金索普拟被授予高级维多利亚勋爵士荣誉。

"既然要做,不妨做得漂亮。"首相说。

然而,忠于自我的布伦金索普请求允许他拒绝这一殊荣。这下可糟了!首相秘书一筹莫展。但首相是个意志坚定的人,一旦下定

---

① 詹姆斯·巴里(1860—1937),英国小说家和剧作家,彼得·潘之父。

决心做一件事，决不允许任何障碍阻挡他的道路。他那睿智的头脑灵机一动，想出了应对之策，文学终究还是在国王生日授勋中获得了一席之地。《全英火车时刻表》的编辑被授予了子爵爵位。

十二

可是，即使我已经从经验中学到，如果想要安静地骑行，就必须让骡队比我早一小时出发，我发现自己仍然无法将思想集中在我选择思考的任何一个题目上。虽然没有任何大事发生，却有无数件路边小事令我分心。两只黑白相间的大蝴蝶在我前面翩翩飞舞，它们就像年轻的战争寡妇，以乐观而顺从的心态承受着为国家遭受的损失：只要克拉里奇酒店的舞会和旺多姆广场①的裁缝还在，她们就愿意发誓说天下太平。一只冒冒失失的小鸟蹦蹦跳跳地走在路上，时而欢快地转过身来，仿佛在提醒我注意她那身银灰色的漂亮衣服。她的样子就像一个仪容整洁的打字员，正步履轻快地走在从车站到齐普赛街办公室的路上。一群落在驴粪蛋上的藏红花色蝴蝶使我联想起那些围着肥头大耳的金融家打转的身穿晚礼服的漂亮姑娘。路边有一种花很像我记忆中儿时农舍花园里生长的美国石竹，还有一种像是茎部更加细长的白色欧石楠。我希望我能像许多作家那样，通过细数我骑着我的掸邦小马缓步前行时见到的那些花鸟的名称，使这几页显得非比寻常。这种罗列法散发着一种科学气息，虽然读者会跳过这个段落，但是确信自己读的是一本有确凿的科学事实的书却会给他带来些许自得的喜悦。当你告诉读者你偶然看见了 P. Johnsonii，你们就建立了一种奇妙的亲近关系。它有一种近乎秘密小团体的特殊意味；你和他（作者与读者）分享着一种不为普罗大众所共有的知识，你们就像同样系着共济会围裙或者同样打着老伊顿式领带的人一样彼此惺惺相惜。你们用一种秘密的语言相互交流。我当然愿意从一本上缅甸植物学或者鸟类学专业著作的脚注里读到："不过,毛姆声称他在掸邦南部观察到了 F. Jonesia",并引以为傲。然而我对植物学和鸟类学一窍不通。事实上,我倒是可以把我一无所知的所有学科的名称写满一整页。可惜啊!对我而言,一朵黄色报春花可不是什么 primula Vulgaris,而只是一朵黄色的小花,永远淡淡地散发着雨的味道,散发着阴郁温和、让人心中奇妙悸动的二月早晨的味道,散发着肯特郡肥沃湿润的泥土的味道,使人想起慈祥的逝者的面容,想起议会广场上着长袍的比肯斯菲尔德勋爵②的青铜像,想起一个笑容甜美的女孩的黄色头发,如今已变作了灰白的波纹短发。

我路过一队在树下做饭的掸人。他们的四轮车围成一个圆圈,好像一个临时营地,拉车的牛在不远处吃草。我继续往前走了一两英里,看见一个体面的缅甸人坐在路边吸方头雪茄。周围是他的仆人,他们搬运的东西放在旁边的地上,因为他没有骡队,仆人们得自己为他扛行李。他们用枯枝生了一小堆火,正在为他煮午餐的米饭。在我的翻译与这个缅甸人交谈时,我也停了下来。他是一名来自景栋的职员,正要前往东枝谋一个政府部门的职位。他已经在路上走了十八天,还剩下四天的路程,他感觉胜利在望。这时,一个骑马的掸人打乱了我正试图整理的思绪。他骑着一匹毛发蓬乱的小马,光脚踩着马镫。他穿一件白色夹克,彩色的裙子挽了起来,看起来好像一条颜色鲜艳的马裤。他的头上系着一条黄色头巾。他是驰骋在这片辽阔高原上的一个富有浪漫色彩的人物,但是比起伦勃朗笔下以无比英勇的姿态跨越时间和空间的波兰骑马者来还是稍逊一筹。世间没有一个骑马者达到过那般神秘的效果,当你看着他时,你感觉自己站在一个未知世界的入口,它诱惑你向前,却又关闭

---

① 分别为伦敦的著名酒店和巴黎的著名广场。
② 即迪斯累利(1804—1881),英国首相。

了前行的道路。这不奇怪,因为自然和自然之美都是没有意义的死物,只有艺术才能赋予它们意义。

既然有这么多事让我分心,我不能不怀疑,也许还来不及在那些我希望深入思考的重要问题中选出一样,我就已经抵达了旅程的终点。

十三

我们每天的行程不过十二到十五英里,这是骡子可以轻松胜任的距离,也是公共工程处的驿站小屋彼此的间距。但由于这是日复一日的例行公事,它给你的感觉就像坐了一整天的特快列车,仿佛走了很远的距离似的。当你到达目的地时,尽管事实上你从起点只走了几英里,你感觉自己好像已经从巴黎到了马德里。当你沿着一条溪流骑行了几天之后,你感觉它的长度似乎颇为可观;你问它的名字,却惊讶地发现它只是一条无名的小河,这时你停下来回想一下,才发现你只不过沿着它走了二十五英里而已,而你昨天骑马经过的高地和你今天正在穿越的丛林之间的差异,给你的印象就像身处两个不同的国度。

不过,由于那些驿站都是按照同一模式建造的,尽管你已经骑行了几个小时(你的马队每小时只能走两英里多一点),到达的却仿佛总是同一座房子。它建在离公路几码之遥的一个院子里的桩柱上,有一间很大的客厅,后面是两间带盥洗室的卧室。客厅中央是一张漂亮的柚木桌,另有两把带搁腿架的安乐椅和四把可以放在桌边的结实朴素的扶手椅。一只五斗橱上放着一沓1918年的《海滨杂志》和两本翻烂了的菲利普斯·奥本海姆①的小说。墙上挂着一张道路纵断面图、一张缅甸狩猎法规摘要和一张小屋的家具物品清单。院子里是仆人的住处、马厩和一个厨房。这里显然算不上美观,也不够舒适,但好在坚固耐用;虽然我此前从未见过它们中的任何一个,在那天过后也不会再见,但在结束了一个上午的旅程,看到驿站出现在眼前时,我总会感到一阵兴奋和满足。那种感觉就像回家,我第一眼望见那整洁的屋顶,便会策马飞奔,急急忙忙向门口跑去。

驿站通常位于村子的边缘,我到达村口时,发现村长已经带着文书、一个随行的子侄和村里的长者在那里迎候我了。待我走近,他们便会跪下向我行礼,敬我一杯水、几朵金盏花和一些米。我有些迟疑地把水喝了。不过有一次,他们用托盘递给我八支细细的蜡烛,并告诉我那是他们所能对我表达的最高敬意,因为它们是供奉在佛像前面的蜡烛。我不禁感到对这种礼遇受之有愧。我在驿站安顿下来,这时我的翻译告诉我,村长和长者们还站在外面,希望按惯例为我送上礼物。他们用漆盘托着鸡蛋、大米和香蕉走了进来。我坐在椅子上,他们跪在地上,在我面前围成一个半圆。村长打着手势,非常沉着地对我慷慨陈词了一通。通过翻译,我想我捕捉到了一些对我而言并不陌生的词语,我好像听到了一些关于一面旗帜、越过海洋的手之类的内容,并且他希望我带回国的不仅是来自这片遥远土地的问候,还有当地居民对政府修筑一条碎石路的迫切要求。我觉得我应当答复他一番方才得体,即使不能同样流利,至少篇幅要一样长。我只是一个漫游到此的异乡人,如果他们因为收到沿途为我提供方便的指示而误以为我是什么大人物的话,我自己至少应该公道一点,不以大人物自居。我不是政客,而且脸皮太薄,羞于说出那些以治理帝国为己任的人张口就来的那种冠冕堂皇的陈词滥调。也许我应当告诉我的听众,被一个满足于不干预他们事务的政权统治是一种幸运。地区专员每年来这里巡视一趟,调解他们自己无法调解的纠纷,听取他们的怨言,在必要时任命一位新的村长,然后就由他们自己作主了。他们依照自己的习俗实行自治,

---

① 菲利普斯·奥本海姆(1866—1946),英国通俗小说家。

可以自由地种稻、婚嫁、生育、死亡,信奉他们自己选择的神明,没有任何阻碍。他们见不到军人,也没有监狱。但我觉得讨论这些事超出了我的能力范围,于是准备退而求其次,为他们带来一些欢笑就好。虽然我不善于演讲(我受人鼓动在公开场合演讲的次数一只手就数得过来),想出几句得体而幽默的话作为对他们赠送的鸡蛋、香蕉和大米的回报,却也并非难事。

然而,以鸡蛋、香蕉和大米为题发表四十篇不同的感言并不容易,而且我很快便从经验中得知,那些鸡蛋远非新鲜。可是想到如果每天重复同样的话,一定会被翻译小瞧,我便在每天上午骑行的时候苦苦思索,如何花样翻新地表达我对他们给与我的欢迎和礼物的喜悦。日复一日,我想出了三十多篇不同的讲稿,我坐在那里看着翻译将我的话翻译给他们听,当我看到村长和长者们因为我的某句话说到了他们心上而对我微微点头,或是因为听懂了某句笑话而笑得前仰后合时,我便会非常得意。有一天早上,我突然想到了一个全新的笑话。这是一个非常好的笑话,我立刻便想到了如何将它放进我的致辞里。英国和美国的幽默作家命途艰难,因为俏皮话的精髓是色情而不是简洁①,但两国读者的过分保守(也许还有他们的多愁善感)迫使他们在最容易找到笑料的地方之外四处寻找。不过,正如诗人在品达体颂歌②复杂格律的束缚下能够锤炼出比自由创作无韵诗时更加精美的诗句,横在幽默作家前面的困难也常常导致他们做出意外的发现。他们在那些若不是因为禁忌根本不会前去寻找的地方发现了大量笑料。威胁着幽默作家的两个潜在危险,一是愚蠢空洞,一是不堪入目,而英美幽默作家不得不忍受的一个令人遗憾的事实就是,前者引起的愤怒更甚于后者引起的厌恶。

---

① 此处化用了《哈姆雷特》中的一句"简洁是智慧的灵魂(或言贵简洁)"。
② 品达(约前518—前438),古希腊诗人,品达体颂歌格律复杂。

但此时我已经了解了我的听众,这个笑话,虽然我希望尚不至于粗俗,但它碰到了一点色情的边沿,就像一只蚊子刚刚碰到你的面颊,在你抬手拍打时嗡嗡叫着飞走了。我觉得它非常好笑,我骑在马上,一路想象着在即将到达的村庄,村长和长者们跪在我前面的地板上,笑得前仰后合不能自已。

我们到了。村长五十七岁,已经当了三十年的村长。随他前来的有他的侄子,一个刚开始蓄须的腼腆青年,还有四五位长者和村里的文书,文书有些孤独地坐着,满脸皱纹,一部稀疏的灰白胡子,老得无法估计年龄,老得几乎失去了人形。他就像一座行将倾圮的宝塔,不断扩张的丛林很快就会向它扑来,而它将不复存在。

我适时地致了谢辞,讲到那个绝妙的笑话时,翻译咯咯地笑了,两眼放光。我很得意。致辞完毕,我靠着椅背坐好,由他来翻译我那番高言妙论。那小半圈听众转过头去,乌黑的眼睛专注地看着他。我的翻译演讲功夫了得,语言流利,手势潇洒生动。我一向认为他很称职。我从未做过比这次更风趣的发言,但令我惊讶的是,听众似乎没有什么反应。我的那些俏皮话没有收获一个笑容;他们礼貌地听着,但脸上没有任何表情的变化来表明他们对我的话产生兴趣或感到好笑。我把最好的笑话留到了最后,估计就要讲到的时候,我的嘴角露出微笑,向前探着身子。翻译讲完了。没有笑声,没有笑影。我承认这让我始料未及,有些懊恼。我示意村长欢迎仪式结束了,他们行过礼,费力地站起身来,一个接一个走出了房间。

我犹豫了一会儿。

"我觉得他们好像不大聪明。"我试探着说。

"他们是咱们遇到过的最愚蠢的人,"我的翻译答道,语气忿忿不平,"我每天讲着同样的笑话,这是头一次没有人笑。"

我吃了一惊,不确定自己是否听清楚了。

"你说什么?"我问。

"您何苦变着花样和他们说那么多呢,先生?您在这些愚昧的家伙身上花太多心思了。我每天都讲着同一套话,他们喜欢得不得了。"

我沉默了一会。

"既然我说什么都无所谓,那么我不如背乘法表好了。"我自觉语带讥诮地说。

翻译粲然一笑,露出一口洁白的牙齿。

"是啊,先生,那多省事,"他说,"您背您的,然后我讲我的。"

不过不巧的是,我不确定自己是否还记得乘法表。

十四

清晨出发时,露水重得能看见它落下来,天也是阴沉沉的;但不一会儿就出了太阳,在业已变蓝的天空中,积云像白色的海怪在北天极附近平静地嬉戏。这个地区人烟稀少,道路两旁都是丛林。我们沿一条宽阔的小路在景色宜人的高地上走了几天,小路虽然不是碎石铺就,但很坚硬,路面被过往的牛车轧出了深深的辙印。偶尔可见一只鸽子,偶尔一只乌鸦,不过鸟儿并不多。走过开阔的地区,我们进入了深山和竹林。竹林是一种风雅之物。它有一种魔法森林的气息,你完全可以想象,就在这片绿荫中,公主,一个东方故事的女主人公,与她心爱的王子展开了他们那异乎寻常的奇幻旅程。当阳光穿透竹林,微风轻轻拂动优雅的竹叶时,那种景象如梦似幻令人陶醉:它所具有的不是自然之美,而是戏剧之美。

我们终于抵达了萨尔温江①。它是发源于遥远的西藏草原的大河之一,布拉马普特拉河②、伊洛瓦底江、萨尔温江和湄公河以平行之势向南奔流,浩浩汤汤注入印度洋。孤陋寡闻的我在来缅甸之前从未听说过它,即便在听说之后,它对我而言也只是一个毫无意义的名字,不像恒河、台伯河和瓜达尔基维尔河③那样永远能勾起人们无尽的联想。只有在我向它行进的途中,它才对我有了意义,而且是一种神秘的意义。它是衡量距离的单位,我们距萨尔温江还有七天,然后是六天;它似乎非常遥远;我在曼德勒曾听到这样的对话:

"罗杰斯一家不是住在萨尔温江边吗?你过江的时候一定要去他们那里小住几天。"

"哦,老兄,"一个人劝阻道,"他们住在暹罗边境上,离他要去的地方还有三周的路程呢。"

我们在路上遇到难得一见的行人时,我的翻译在和他交谈之后也许会回来告诉我,那人在三天前渡过了萨尔温江。江水水位很高,但正在回落;在坏天气里渡江绝非儿戏。"萨尔温江彼岸"听起来有一种激动人心的意味,那片土地显得朦胧而遥远。一则事实,一个词语,一个别称,一幅记忆中在旧书里见过的版画,我一点一滴地积累着对它的印象,用这些联想使这个名字变得充实,就像司汤达笔下的情人用想象的珠宝装扮他的爱人,很快我就陶醉在了对萨尔温江的想象之中,它成为了我梦中的东方之河,一条宽广的河流,深邃而隐秘,在树木葱茏的山间流淌,它的浪漫和幽暗的神秘使人几乎不能相信它在这里发源,在那里注入大海,而是像一个永恒的象征,从一个未知的源头出发,最终消失在一片未知的海洋中。

我们离萨尔温江还有两天的路程,之后是一天。我们离开大路,走上一条蜿蜒在山地丛林中的崎岖小道。浓雾弥漫,两旁的竹子如幽灵般时隐时现。它们就像在世界漫长历史的开端进行过殊死战争的庞大军队的苍白鬼魂,如今正闷闷不乐地在不祥的静寂中等待和守候着什么。不时隐现一株参天大树的影子,挺拔而庄严。一条看不见的小溪潺潺作响,此外一片寂静。没有鸟儿啼啭,蟋蟀也默不作声。走在这里,你的脚步似乎都放轻了,仿佛这是你无权踏足的地方,危险从四面将你包围,鬼魂的眼睛在注视着你。偶有树枝折断落地,那突如其来的一声脆响就像枪声一样令人悚然一惊。

---

① 缅甸东部河流,在中国境内称怒江。
② 印度北部河流,在中国境内称雅鲁藏布江。
③ 台伯河和瓜达尔基维尔河分别流经罗马和西班牙名城塞维利亚。

我们终于走到了阳光下,不久又穿过了一处脏乱的村庄。蓦然间,我看见银光粼粼的萨尔温江出现在我面前。我本想体会一下壮汉科尔特斯①在顶峰上的感受,准备以大感不解的目光望向那片宽广的水域,但我已经耗尽了它所能带给我的激动心情。这是一条比期望中普通的河流,没有我预想的壮阔;说真的,它并不比切尔西桥下的泰晤士河宽广。河水迅疾无声地流动着,波澜不惊。

竹筏(两只独木舟上搭一个竹子平台)停在水边,我们开始卸下骡背上的行李。有一头骡子突然受了惊,脱开缰绳朝江里猛冲过去,众人还不及阻拦,它便纵身跃进了水里。它被水流冲走了,想不到那浑浊、缓慢的江水竟有如此大的力量;它被江水冲向下游,速度很快很快,赶骡人在岸上挥动着手臂大喊大叫。我们能看到这可怜的畜生在拼命挣扎,但它已无法避免被淹死的结局,我感谢江水的一道转弯将它带离了我的视线。在我和我的小马连同行李一起被摆渡过江时,我对江水怀有了更多的敬意,并且由于那竹筏让我感觉一点也不安全,到达对岸时,我已经没在为那头骡子难过了。

驿站在江岸的最高处,周围有草坪和鲜花环绕。一品红绚丽的色彩为它增色不少。它不像通常的公共工程处小屋那么朴素简陋,我很高兴选择了这个地方逗留一两天,让骡队和我自己疲惫的身体休息一下。从窗户望出去,四面环山的江水宛如一幅装饰水彩画。我看着竹筏来来回回将骡队和行李运过江来。赶骡人全都喜气洋洋,因为他们很快就能得到休息,而且我已经给了队长一小笔钱,请他们好好吃一顿。

待到他们做完分内的工作,仆人也将我的行李物品安顿停当之后,周围便安静下来,江上空荡荡的,恢复了悠远淡漠的姿态,仿佛

---

① 埃尔南多·科尔特斯(1485—1547),征服墨西哥的西班牙殖民者,此段可参见济慈《初读查普曼译荷马有感》。

从来不曾有人冒险涉足那蜿蜒流淌的江水。万籁俱寂。白天即将过去,平静的江水、寂静的青山和沉静的夜晚是三种美妙的事物。在日落前的一瞬间,树木似乎从幽暗的丛林中分离开来,成为独立的个体。这时你便见树不见林了。在这个神奇的时刻,它们似乎获得了一种新的生命,使人不难想象有魂灵栖居在树上,随着暮色的降临,它们将拥有改变自己位置的力量。你感觉在某个无法预知的时刻,它们将发生奇妙的变化。你屏息等待奇迹发生,心里既恐惧又渴望。然而夜晚来临,那个瞬间已经过去,丛林再次将它们吞没,就像世界将那些年轻人吞没——他们相信自己拥有青春的天赋,在行将开启心灵的伟大探险时稍一迟疑便为环境所吞没,泯然众人了。树木再次成为森林的一部分,它们静静伫立,如果还有生命,也只是活在丛林那阴郁和顽固的生命中。

这个地方如此可爱,草木环抱的小屋也像家一样舒适宁静,有那么一瞬间,我不大当真地想过,我要留下来,不是一天,而是一年,不是一年,而是一辈子。住在距离铁路终点十天路程的地方,与外界唯一的联系是偶尔来往于东枝与景栋之间的骡队,唯一的交往是来自江对岸破败村庄里的村民,就这样远离人世间的纷扰、妒忌、怨恨和恶意,与我的思想、我的书、我的狗和我的枪在这片广袤、神秘、蓊郁的丛林的怀抱中共度岁月。然而可惜的是,生活不仅以年岁计,而且以小时计,一天有二十四小时,毫不矛盾地说,它们比一年更难熬;我知道不出一个星期,我那躁动的灵魂就会驱策我继续前行,没有预设的目标,而是像被狂风卷起的落叶,漫无目的地四处飘荡。但作为一名作家(可惜不是诗人,而只是一个写小说的),我可以让别人过上我自己无法过上的生活。这是一个适合年轻情侣谱写浪漫恋歌的地方,我放飞想象,构思一个与这里宁静秀丽的景色相宜的故事。可是不知怎的,也许美总是蕴含着悲剧的因素,我的创作很快就步入歧路,灾难降临到了我想象中的淡淡的影子身上。

突然,我听到院子里一阵骚动,我的廓尔喀仆人刚好在这时将苦味杜松子酒送进房间,我通常用它向即将过去的一天作别;我问他外边出了什么事。他的英语说得还可以。

"那头溺水的骡子,它回来了。"他说。

"是死是活?"我问。

"哦,它活得好好的。那个赶骡子的给了它一顿好打。"

"为什么?"

"教它不要卖弄。"

可怜的骡子!从身上的重负和不断擦伤它痛处的鞍具下解放出来,看到面前宽阔的江水和对岸青翠的山峦,它感到欣喜若狂。哈,去撒个欢儿吧!在经历了这么多天的乏味劳作之后,纵情玩乐一番,感受肢体充满力量的欢乐。冲进江里,被江水那不可抗拒的力量拖走,拼命地挣扎喘息,对死亡的恐惧突然袭来,在几英里外的下游几经挣扎终于安全上岸。沿着丛林小道奔跑,直到夜色降临。好啦,人家已经尽情放纵了一回,感觉好多了,现在可以安安静静地回到大伙儿所在的院子,人家已经准备好明天或者后天再次驮着担子,紧跟在前面骡子的尾巴后面,安静地走在队伍中间。人家历险归来,好不轻松快活,他们却说人家卖弄,打了人家一顿。好像人家有多在意他们,愿意跟他们卖弄似的。唉,好吧,挨一顿打也值。哎呦,乖乖!

十五

我又上路了。日复一日,单调而不乏味。黎明时分,高唱的雄鸡将我叫醒;院子里陆续响起各种声音,就像在交响乐中,一件件乐器依次奏出主题最初的音符,这些声音带着一些不确定,在夜的寂静中徐徐展开一天的主题和人们的劳作,院子里的各种动静使我无法再次入睡:一头骡子颈上的铃铛随着它的每个动作叮当作响,另一头骡子在抖动身体,还有一头毛驴在呃啊大叫;赶骡人懒洋洋地起床活动,压低声音说话,大声吆喝牲口。渐明的晨光悄悄钻进我的房间。我听到仆人们在走动,不一会儿,我的廓尔喀仆人,名叫兰拉尔的,进来送茶并为我撤下蚊帐。我喝着茶,美美地享用了一天中的第一支香烟。许多愉快的想法涌入我的脑海——一些对话的片断,一则隐喻或一个铿锵的语句,为人物新添的一两个特征,一段故事情节,无所事事地躺在床上任由想象自在遨游实在是件惬意的事。不过这时兰拉尔一声不响地给我拿来了剃须水,想到它很快就会变凉,我赶紧起了床。等到我刮了胡子洗过澡,早餐已经准备好了。运气好的话,村长或驿站的看门人会送我一只番木瓜作为礼物。很多人不喜欢这种水果,它的味道的确需要一段时间才能适应;不过一旦适应了,你就会不由自主地爱上它。它集清新柔和的味道和药用价值于一身(它的胃蛋白酶含量不是特别高嘛),因此在享用它的时候,不但可以满足口腹之欲,而且兼顾了灵魂的安乐。它就像一位美丽的女子,谈吐不俗,有趣有益。

早餐过后,为了提神醒脑,我拿起一本部头不大、可以单手拿着的哲学著作,一边吸着烟斗,一边漫不经心地读了起来。第一批骡子早已出发,我的被褥现在已经收好,早餐时使用的餐具也已放回各自的盒子,所有东西都让留在后面的那些骡子驮在了身上。我让它们先走。小屋里只剩我独自一人,我的小马拴在篱笆上,我那双心灵的眼睛仿佛看到我周围的村庄、屋外的树木和屋内的桌椅在被我和驮队的猝然到来打扰了几个小时之后,又回归了它们日常的宁静。当我走下台阶解开小马的缰绳时,寂静就像一个疯老太婆,食指放在唇上做着噤声的手势,蹑手蹑脚从我身边走过,潜入我刚刚离开的房间。随着我的离去,公路交通图在钉子上挂得更加牢固,而我坐过的那张长椅吱呀呀地发出一声叹息。

我骑上马出发了。

我在接近下一个驿站的地方追上了骡队,知道驿站已在不远处,它们加快了脚步,乱哄哄地往前跑,铃铛和行李丁零当啷响成一片,赶骡人一边吆喝牲口,一边相互呼应。这些赶骡人是云南人,个个身材魁梧面色黝黑,虽然破衣烂衫满面风尘,却都逍遥自在无拘无束。他们慢悠悠地迈着大步,成百上千英里地行走在亚洲各地,他们黑色的眼眸中是无边的旷野和如黛的远山。骡子们在院子里将他们团团围住,都想先卸下自己身上的担子,它们吵吵嚷嚷连踢带撞,场面十分混乱。行李用皮带绑在鞍上,需要两个人才能卸下来。卸好之后,骡子后退一两步,点一点头,仿佛在为得到解放而鞠躬致谢。随后驮鞍也被取下,骡子躺在地上来回打滚,以减轻后背的疼痛。相继获得解放的骡子信步走出院子,走向草地和自由。

苦味杜松子酒正在桌上等我,咖喱也很快上桌了,吃过午饭,我倒在长椅上睡着了。睡醒之后,我拿着枪出了门。村长指派了两三个年轻人为我带路,去打鸽子和原鸡,但那些猎物胆子太小,我又枪法不佳,因此往往在灌木丛中白忙一场,空手而归。天色渐暗。赶骡人叫骡子回来,将它们关在院子里过夜。他们用一种尖锐的假声召唤它们,那声音充满了原始的野性,几乎不像人声;那是一种非常独特,甚至有些可怕的叫声,使人隐约联想到亚洲苍茫的大地和天晓得多少世代以前在这片大地上漫游的游牧部落,他们正是那些部落的后裔。

我读书直到晚饭上桌。如果当天经过河流,我会吃到一条多刺而无味的鱼,如果没有,就吃沙丁鱼或金枪鱼罐头;此外还有一盘烧得过老的肉以及我的印度厨子会做的三种甜点之一。饭后我会玩单人纸牌游戏。

我一边摆牌一边责备自己。考虑到生命的短暂和人在一生中所要做的无数重要的事情,把时间浪费在这种事上只能证明一个人个性轻浮。我身边带着许多提升心智的好书和风格独特的杰作,研读它们可以让我在学习我们写作时使用的这门复杂的语言方面取得进展。我有一本可以放进口袋的小书,收录有莎士比亚的全部悲剧,我下定决心在旅途中每天读一幕剧本。我期望由此可同时获得娱乐和教益。可是我会玩十七种单人纸牌游戏。我试玩了几把蜘蛛牌,一次都没有成功;我试了一下他们在佛罗伦萨俱乐部的那种玩法(你真该听听某个佛罗伦萨贵族——帕齐或斯特罗齐①家族的成员——成功时发出的胜利的欢呼),我还尝试了所有玩法中最难的一种,那是一位来自费城的荷兰绅士教我的。当然,完美的单人纸牌游戏尚未被发明出来。这还需要很长的时间;它应该足够复杂,需要你发挥所有的聪明才智;它应该要求你深思熟虑,进行扎实的推理,运用逻辑,权衡机会;它应该险象环生,让你在侥幸逃生后意识到,如果你放错了牌,会遭遇怎样的失败,进而心悸不已;它应该让你的心悬在半空中,紧张地等待翻开的下一张牌决定你的命

---

① 佛罗伦萨的贵族世家,都曾与美第奇家族作对,15世纪被逐出佛罗伦萨。

运;它应该让你惴惴不安;它应该包含你必须避开的极端危险和只有一往无前的勇气才能克服的巨大困难;最后,如果你没有犯错,如果你抓住机会,将变幻无常的运气紧紧握在手中,你的努力总会以胜利告终。

不过,由于这种完美的牌戏并不存在,在做过各种尝试之后,我通常都会回到使坎菲尔德的大名永垂不朽的那种玩法上①。它当然很难完全解开,但你至少能得到一个结果,在看似毫无希望时,一张意外出现的幸运牌也许能给你一个喘息的机会。我听说这位可敬的先生是纽约一个赌场的老板,他以五十美元的价格卖给你一副牌,你每解出一张,他就给你五美元。他的赌场富丽堂皇,晚餐免费,香槟无限畅饮,黑人为你洗牌。地板上铺着土耳其地毯,墙上挂着梅索尼埃②和莱顿勋爵③的画作,此外还有真人大小的大理石雕像。我想它一定像兰斯唐宅邸④一样气派。

隔着这么远的距离回望,这一切在我看来似乎具有了某种风俗画的魅力。当我摆好七张牌,接着摆出六张牌时,我从这间安静的丛林小屋(仿佛从倒拿的望远镜中)看到了被玻璃吊灯照得通明的房间,簇拥的人群,弥漫的烟雾和赌场里紧张而可悲的气氛。我曾在那个复杂、堕落、放荡的世界待过一段时间。人们有一个误解,认为东方是堕落的;恰恰相反,东方人的正派稳重是普通的欧洲人难以想象的。他们的道德观与欧洲人不同,但我认为他们更有道德。想要寻找堕落,你必须去巴黎、伦敦和纽约,而不是贝拿勒斯⑤或北京。但这究竟是因为东方人不像我们一样受到罪恶感的压抑,觉得

---

① 一种英国牌戏,由美国人理查德·坎菲尔德发扬光大。
② 让·路易·梅索尼埃(1815—1891),法国画家,多作历史和军事题材画,亦画风俗作品。
③ 弗雷德里克·莱顿(1830—1896),英国学院派画家,皇家美术学院院长。
④ 位于伦敦伯克利广场,曾有多位首相居住于此。
⑤ 印度教圣地,印度东北部城市瓦拉纳西的旧称。

没有必要违反他们在漫长的历史过程中随着需要而改变的规则,抑或是因为他们缺乏想象力,正如他们的艺术和文学所呈现的那样(它们归根结底不过是对单一主题的复杂而单调的变奏),我哪里有资格评论呢?

到了上床睡觉的时间。我钻进蚊帐,点上烟斗,拿出我专门留到睡前读的小说。我已经期待它一整天了。这是一本《盖尔芒特家那边》①,由于担心太快读完(我之前读过这本书,读完之后不能马上重读),我严格限制自己一次只能读三十页。书中自然有许多极其乏味的内容,可是我并不在乎。我宁愿读普鲁斯特感到厌烦也不愿被其他人逗乐,三十页转瞬即过。我似乎不得不放慢目光,不让它在字里行间跑得太快。我熄了灯,进入无梦的睡乡。

我可以发誓,入睡还不到十分钟,一只高唱的公鸡就把我吵醒了;院子里陆续响起各种声音,打破了夜的沉静。渐明的晨光悄悄照进房间。又一天开始了。

---

① 《追忆似水年华》第三部。

十六

我失去了时间的概念。脚下的路已经不能称之为路,牛车想必已无法通行;在这条狭窄的小道上,我们排成一列纵队前进。我们开始爬坡,萨尔温江的一条支流在我们下方的岩石上喧嚣奔流。小道在我们所要穿越的山脉的狭谷间蜿蜒起伏,时而与河水平行,时而在河水上方。天是蓝的,不是意大利那种明艳、挑逗的蓝,而是东方的蓝,带一点乳白的、无精打采的淡蓝。此时的丛林拥有你想象中的原始森林的全部风貌:没有侧枝的高大树木参天直上八十或一百英尺,在阳光下威严地炫耀它们的力量。长着巨大叶片的藤蔓植物缠绕着它们,小一些的树上覆满了寄生植物,就像新娘的脸上蒙着面纱。竹子有六十英尺高。野生芭蕉到处生长。它们仿佛是为了完美的装饰效果而被熟练的园丁有意识地栽种在各自的位置上。它们雍容华贵。下面的叶子残破枯黄,蓬头垢面,就像又妒又恨地看着美丽少女的邪恶老妇;而上面的叶子柔嫩可爱,青翠欲滴,骄傲地绽放着青春的光彩。它们有着青春丽人的傲慢和冷漠;它们那宽大的叶面贪婪地吸收着阳光。

一天,为了抄近路,我冒险踏上一条直通丛林的小路。这里的景象比我在大路上所见的更富有生气。原鸡在我经过时匆忙飞过树梢,鸽子在我周围咕咕叫,一只犀鸟一动不动地坐在枝头,任我打量。看到飞禽走兽在好像动物园一般的自然栖息地自由自在地生活,我总是感到惊奇,我记得有一回是在马来群岛东南一个遥远的小岛上,我看见一只大凤头鹦鹉正盯着我,我四处寻找它逃离的笼子,一时没意识到那里就是它的家,它从不知牢笼为何物。

这片丛林并不很密，无拘无束地照进林中的阳光在地面上投下缤纷奇妙的花纹图案。但过了一会儿，我逐渐意识到自己迷路了，不是那种严重的、悲剧性的迷失在丛林中的迷路，而是在贝斯沃特①众多的广场和街道中走错路的那种迷路；我不想原路折回，这条洒满阳光的小路又很诱人，于是我决定再往前走走看。忽然，我看到一个极小的村子，至多有四五间房子，外面围着一道竹篱。在远离大路六七英里的丛林中发现一座村庄，令我十分惊讶，这里的居民看到我想必也同样吃惊，但我们都没有露出异样的神色。正在满是尘土的干燥土地上玩耍的孩童看见我走近立刻四散跑开（我记得在一个地方，有人问我是否可以带两个从未见过白人的小男孩来看我，结果他们一看到那可怖的形象就吓得尖叫起来，立刻被抱走了）；但那些挑水或舂米的妇人却对我毫不在意，仍继续她们的工作；坐在门廊上的男人们只是淡漠地看了我一眼。我很想知道这些人是怎么来到这里的，他们是做什么的；他们自食其力，过着自给自足的生活，像住在南太平洋环礁上一样与世隔绝。我对他们一无所知也无从了解。他们和我就像属于不同的物种一样迥然不同。但他们有着和我一样的激情，有着同样的希望，同样的欲望，同样的悲伤。我想，对于他们，爱同样有如雨后的阳光；我想，对于他们，爱同样会有餍足的时候。不过，对他们来说，生活就是一个个不变的日子的叠加，不慌不忙，不惊不喜；他们沿着预定的路线，过着父辈曾经过着的生活。人生的图案已经勾勒成形，他们只需遵循即可。这难道不是智慧吗？在他们这种永恒不变之中，难道不也是美吗？

　　我策马前行，几码之后再次进入丛林深处。我继续爬坡，小道一次次穿过奔腾的溪流，随后便蜿蜒而下，在群山间盘绕，山上的树

---

① 位于伦敦西部威斯敏斯特市。

密密麻麻,使人感觉仿佛能在树梢上行走,就像走在绿色的地板上,直到我在明媚的阳光下,看到了平原和我当天要去的那座村庄。

村庄的名字叫孟宾①,我已想好要在这里休息一阵。天气很热,午后我穿着单衫坐在驿站的门廊上。我惊讶地看到一个白人向我走来。自从离开东枝,我还没有见过一个白人。这时我想起来,出发之前他们告诉我,我会在途中遇到一位意大利神父。我起身相迎。他很瘦,在意大利人中算高个,五官端正,眼睛大而漂亮。他的脸因疟疾而泛黄,一部像亚述国王那样明显拳曲的浓密的黑色胡须几乎遮到眼睛,他的头发同样浓密、乌黑而拳曲。我猜他在三十五到四十岁之间。他穿一件破旧的黑色长袍,污迹斑斑,布料已经磨薄,戴一顶破旧的卡其色帽盔,穿着白裤白鞋。

"我听说你要来,"他对我说,"想想看,我已经十八个月没见过白人了。"

他的英语说得很流利。

"要喝点什么吗?"我问,"我这儿有威士忌、苦味杜松子酒,还有茶和咖啡。"

他微微一笑。

"我已经两年没喝过咖啡了。我的咖啡喝完了,我发现没有它我也能过得很好。它是奢侈品,而我们来这里传教的钱很少。不过这的确是个损失。"

我叫廓尔喀仆人给他弄一杯咖啡,他尝了一口,眼睛闪闪发光。

"琼浆玉液,"他喊道,"这是真正的琼浆玉液。人们应该多经受一些匮乏,只有那样,你才能真正享受它们。"

"务必让我送你两三听。"

---

① 位于掸邦东部,景栋以西。

"可以匀给我吗？我会送你一些我园里的生菜。"

"你来这里多久了？"我问。

"十二年。"

他沉默了一会儿。

"我的兄弟在米兰做神父,他提出要寄钱让我回意大利,让我能在母亲死前见她一面。她年纪大了,没有多少日子了。他们过去常说我是她最偏爱的儿子,的确,我小时候她很宠我。我很想再见她一面,可是不瞒你说,我害怕回去;我想如果我走了,我不会再有勇气回到这里的教众中来。人性是软弱的,你不这么认为吗？我信不过我自己,"他笑了笑,做了一个奇怪的令人哀怜的手势,"没关系,我们会在天堂重聚的。"

然后他问我有没有相机。他急于寄一张新教堂的照片给伦巴第①的一位夫人,仰赖这位夫人的虔诚慷慨,他才得以建造这座教堂。他带我过去,那是一座大谷仓似的空荡朴素的木头房子；祭坛背壁上的装饰是一张拙劣到令人发指的耶稣像,出自景栋一位修女之手,他请我把它也照下来,等我去景栋过访那间女修道院时,可以向那位修女展示她的作品就位后的效果。教堂里有两小排长椅,供寥寥无几的会众使用。他很骄傲,他也应当骄傲,因为教堂、祭坛和长椅都是他和他的教徒亲手建造的。他领我走进他的院子,带我参观了一座朴素的建筑,它既是教室,也是他负责照管的孩子们的宿舍。我记得他说一共有三十六个孩子。他带我走进他自己的小平房。客厅相当宽敞,教堂建成之前,他一直把这里当作小教堂使用。客厅后面是一间很小的卧室,不比修士的单间大,除了一张小木床、一个脸盆架和一个书架之外空无一物。和它并排的是一间很小的、

---

① 伦巴第大区,位于意大利北部,首府为米兰。

有些肮脏凌乱的厨房。厨房里有两个女人。

"看我现在多阔气，有一个厨师和一个帮厨女佣。"他说。

年纪较轻的女人咯咯地笑了，她小心地用手遮住她的兔唇。神父对她说了句什么。另外一个妇人正蹲在地上用研钵捣香草，他亲切地拍拍她的肩膀。

"她们来了已经快一年了，"他说，"她们是母女。那个妇人，可怜的人，有一只手是畸形的，而那个女孩，你也看到了，嘴唇是那个样子。"

妇人有过一个丈夫和兔唇女孩之外的两个孩子，但他们在几周内突然相继离世，村里人认为她是恶鬼附身，于是将她和女儿逐出村庄，将她们身无分文地赶到了一个完全陌生的世界。她去了丛林中的另一个村庄，那里住着一个传授教义的当地人，因为她听说基督徒不怕鬼。那位传教人愿意让她借宿，但他很穷，无法为她提供食物。他叫她去找神父。路上要走五天，而雨季已经开始了。她和女儿背上她们仅有的一点财产，一人一个小包袱，出发了，她们沿着丛林小道，一路上翻山越岭，晚上，如果遇到村庄，她们就睡在村里，如果没有，就睡在路边的岩石下面或者大树底下。但她们经过的那些村庄里的人都劝她们放弃打算，因为据他们所知，神父把孩子们带回家里，过一段时间就会把他们带到仰光，献给海妖，并拿到一笔报酬。她们吓坏了，可是没有村庄肯收留她们，神父是她们唯一的希望。她们继续赶路，终于，她们绝望而惶恐地来到神父面前。他告诉她们，她们可以住在外屋，为学校里的孩子们煮饭。

我们走进客厅坐下。这里毫无舒适可言。房间里有一张大桌，两三把硬邦邦的直背木椅；书架上排列着许多散发着霉味的平装本宗教书籍和大量天主教期刊。我看见的唯一一本非宗教书籍是那部枯燥乏味的名著《约婚夫妇》①。(曼佐尼与沃尔特·司各特爵士会面时,听到爵士对他作品的赞美,他将功劳归于威弗利小说②,说那不是他的作品,而是沃尔特爵士的,爵士闻言答道,那么它就是我最好的作品。不过他这么说完全是由于他宅心仁厚,那本书冗长乏味得令人几乎无法忍受。)神父每个月收到一捆从意大利打包寄来的日报《每日邮报》,他告诉我,每一张他都会一字不落地读完。

"读报很有趣,"他说,"这是当然,不过我还把它当作一种智力锻炼,因为我不能让自己的头脑生锈。我知道意大利发生的一切,他们在斯卡拉③演出了什么歌剧,上演了什么戏剧,出版了什么书籍,我全都知道。我读政治演讲。读所有的一切。这样我就可以与世界同步。我的头脑依然活跃。我想我大概永远也不会回意大利,但如果我回去,我会像从未离开过一样立刻融入周围的环境。在这种生活中,人一刻都不能放松自己。"

他侃侃而谈,嗓音洪亮,不时露出笑容;他的笑声很爽朗。初来此地时,他寄宿在公共工程处的驿站,开始学习语言。其余的时间都用来建造我现在身处的这座小屋。之后他出发去了丛林。

"我对掸人无能为力,"他告诉我,"他们信佛,他们对佛教很满意。它很适合他们。"他那双漂亮的黑眼睛不以为然地看着我,微笑着说——看得出来,他的话大胆得连他自己都有些吃惊。"你知道,人们必须承认,佛教是一种完善的宗教。我有时跟寺里的僧人长谈,他很有学问,使我不能不尊重他和他的信仰。"

他很快发现,他所能寄希望于感化的只有丛林中那些小小孤村里的人们,因为他们崇拜鬼神,始终生活在对随时可能伤害他们的

---

① 亚历山德罗·曼佐尼(1785—1873)创作的长篇历史小说,被誉为意大利古典文学的瑰宝。
② 司各特创作的二十七部历史小说的总称。
③ 斯卡拉歌剧院,位于意大利米兰。

邪恶力量的困惑和恐惧中。但那些村庄都在很远的山区，他常常要走二十、三十，甚至四十英里才能到达。"

"是骑马去吗？"我问。

"不，我走着去。我不是说即使买得起马我也不骑，但我乐意走路。在这个国家你需要多运动。我想等我老了，我将不得不买一匹小马，到那时或许我也买得起了，不过只要我依然年富力强，我就没有理由不用上帝赐给我的这双腿走路。"

到达村庄后，他通常会去头人家请求借宿。等村民们晚上收工回来，他将他们召集到门廊上，向他们传教。如今，经过这么多年，方圆四十英里范围内的人都认识他，欢迎他。有时，他会收到消息，请他去一个他尚未去过的遥远的村庄，好让那里的人们也能听到他讲的道理。

我想起我在丛林中见到的那个被茫茫林莽与外界隔绝的孤零零的小村子。我想在脑海中勾画出一幅人们在那里生活的图景。我向神父提问时，他耸了耸肩。

"他们劳动。男人女人一起劳动。那是一场持续不断的辛苦劳作。相信我，深山老林里的生活并不轻松。他们播种水稻，你知道那要花费多少时间和力气，然后是收割；他们种植鸦片，劳动的间隙，他们就去丛林里采集。他们没有挨饿，可他们免于挨饿只是因为他们从不休息。"

当我在这片土地上漫游，涉过或从乡村桥梁上跨过一条条河流，翻越一座座绿树覆盖的山丘，经过一片片稻田，在一座又一座竹楼村寨中停留一晚，与一个又一个或枯槁或强壮的头人交谈时，我感觉自己就像一座废弃已久的古老宫殿大厅里的装饰挂毯上的一个人物，在那幅长得看不到尽头的灰绿色挂毯上，可以隐约看到深色的、笔直的树木，褪色的溪流，有着奇怪房屋的小村庄和模糊的人影,他们正在一刻不停地从事着某种神秘的、宗教性的、意义隐晦的活动。但有的时候,当我来到一个村庄,头人和长者们跪在地上向我赠送礼物时,我似乎从他们乌黑的大眼睛里读到一种奇异的渴望。他们恭顺地看着我,仿佛在期待我向他们传达一个他们热望已久的讯息。我希望我能对他们发表激动人心的演讲,我希望我能向他们传递他们似乎在殷殷期盼的喜讯。可是我对那缥缈的彼岸一无所知,无法告诉他们任何事情。神父至少可以给他们一些什么。我看到他双脚酸痛、疲惫不堪地来到一个村庄,当夜晚的降临使人们无法继续工作时,他坐在门廊的地板上,借着月光,或者仅仅借着星光,对他们——黑暗中那些沉默的影子,讲述一些陌生而新奇的事情。

我认为他并不是一个才智出众的人;当然,他有品格,也精明。他很清楚,山上的那些掸人之所以让孩子到他这里来,只是因为他为他们提供衣食和住处,但他只是宽容地耸耸肩;他们到了适当年龄就会回到山里,有些人会回归祖先的原始信仰,但其他人会保持他传递给他们的信仰,借由他们的影响,也许会照亮他们周围的黑暗。他的生活过于忙碌,没有太多时间思考,而他的思想中也必然没有神秘主义倾向;他信念坚定,正如运动员的手臂肌肉发达,他不加怀疑地接受他的宗教的教义,就像你我接受单视觉①或脸红的事实一样。他告诉我,他还是神学院学生的时候就有到东方传教的愿望,并为此在米兰学习。他给我看了一张和他一起来东方传教的小组的合影,十二个人围坐在主教身边,他指给我看那些已经过世的人。这个是在中国渡河时溺亡的,那个在印度死于霍乱,还有一个在掸邦北部死于野蛮的佤人之手。我问他是什么时候启航来这里

---

① 指注视一个物体时,感知为单一物象的视觉过程。

的,他毫不犹豫地说出了年月日和星期几;无论这些修女、修士和在俗教士①会忘记哪些纪念日,离开欧洲的日期始终就在他们嘴边。他又给我看了一张家庭合影,这是一个典型的下层中产阶级家庭,你在意大利任何一家廉价照相馆的橱窗里都能看到类似的照片。他们表情僵硬拘谨,父亲和母亲穿着最好的衣服坐在中间,两个年幼的孩子坐在他们脚边的地板上,两个女儿站在两边,他们身后是按身高站成一排的儿子。神父指给我看那些出家修道的人。

"超过一半了。"我评论道。

"这对我们的母亲是个莫大的幸福,"他说,"这都是她的功劳。"

她是个体格健壮的女人,一袭黑裙,头发从中间分开,眼睛大而温柔。她看起来是一位好主妇,我相信在涉及买卖的时候,她一定是位杀价的好手。神父充满柔情地微笑着。

"我的母亲,她是个了不起的人,她生了十五个孩子,有十一个还在。她是个圣人,美德对于她就像美妙的歌喉对女歌唱家一样自然;她行善事就像阿德丽娜·帕蒂②唱高音 C 一样容易。"

他把照片放回桌上。

隔天我再次出发时,神父说他要送我一程,陪我走到山脚下,于是,我把马笼头往手臂上一搭,和他一起步行上路了。他边走边向我交代要我捎给景栋的修女们的口信,还特别叮嘱我不要忘记把我拍的照片洗出来寄一份给他。他肩上挎着一杆枪,我觉得这件老旧的武器对他自己远比对那些野兽危险;他戴着破旧的帽盔,黑色长袍扎在腰间以免妨碍走路,白色长裤塞在笨重的靴子里,他的样子看起来有些滑稽。他走路时步子迈得大而徐缓,可以想象,那些几

---

① 指在教区(世俗世界)中生活而不是在修道院中隐修的教士。
② 阿德丽娜·帕蒂(1843—1919),意大利女高音歌唱家。

十英里的路程就这样被他慢慢踩在脚下。不久,他眼尖地看到一棵树的矮枝上停着一只翠鸟,蓝绿色,一个微微闪着亮光的美丽的小东西,像一颗活宝石一样落在那里。神父伸手按住我的手臂示意我停步,然后轻轻悄悄地走过去,离它不到十英尺时,他放了一枪,小鸟应声落地,他欢呼着跳过去,把它捡起来扔进他背在身上的袋子里。

"它可以让米饭变得美味一些。"他说。

但我们走到丛林边上时,他站住了脚步。

"我就送你到这里吧,"他说,"我得回去工作了。"

我骑上马,和他握手作别,然后策马离去。走到小路的一个转弯处,我回过头,见他仍站在原地,便朝他挥了挥手。他手扶着一棵大树的树干,森林的绿意将他包围。我继续往前走,很快,我想,很快他就会迈着沉重有力的脚步,回到在我的诱惑下中断了一两天的生活中去;他的那种步伐似乎不是在践踏大地,而是带着愉快的干劲重重地踩在上面,仿佛大地同他友好,会欣然接受他这份亲切的暴力(就像一条强壮的大狗在你亲热地拍拍它的屁股时会朝你摇摇尾巴)。我知道我不会再见到他了。我会继续向前,感受未知的新奇体验,不久之后我会回到充满刺激和生动变化的大千世界,而他将永远留在那里。

时间已经过去了很久,当我在聚会上看到那些脸上化了妆、颈上戴着珍珠项链的女士坐在那里听一位胸部丰满的首席女歌手唱舒曼的歌曲时,或是在首演之夜,当一幕结束后幕布落下,掌声热烈,观众席上响起愉快的交谈声时,我有时会想起那位意大利神父,他现在应该老了一些,添了白发,消瘦了一些,因为自那之后他发过两三场高烧;他仍然像我离开时那样日复一日地沿着丛林小道缓步行走在掸邦的山区,他将继续这样的生活,直到有一天,年老体衰的他病倒在某个小山村里,虚弱得无法被送回山下,死亡很快降临。他们将把他葬在丛林里,在他的墓上立一个木头十字架,也许(世代相传的信仰比他带去的新的信仰牢固)他们还会在他的坟墓四周摆放小堆的石头和鲜花,以使他的鬼魂善待他去世的那座村庄里的人们。有时我会想,到了生命的终点,在远离同类的地方,只有村里的头人和长者静静地围坐在他身旁,惊恐地看着一个白人死去,在最后的清醒时刻(那些陌生的棕色面孔俯看着他),他是否会感到恐惧和疑虑,不由得向死亡的彼岸望去,发现那里除了灵魂与肉体的毁灭什么都没有,那时他会否产生一种强烈的抗拒感,因为他放弃了世间所能给与的一切美好、爱情、安适、友谊、艺术以及大自然的美妙馈赠,却将一无所得,抑或即使在那时,他仍然认为他辛劳、克制、忍耐的勇敢的一生是值得的。对于那些以信仰支撑和支持了他们一生的人而言,终将知晓自己的信仰是否为真的时刻一定是可怕的。当然他是有使命感的。他信念坚定,信仰对于他就像呼吸对于我们一样自然。他不是创造奇迹的圣人,也不是忍受痛苦和与上帝联合的无以言喻的喜悦的神秘主义者,而是普普通通的上帝的工人。人的灵魂就像他的家乡伦巴第的田野,他在上面耕耘播种,没有多愁善感,甚至不带任何情绪,好的坏的一起承受,他保护生长中的谷物不被鸟儿糟蹋,他利用阳光,雨水过多或过少时他会抱怨几句,歉收时他不以为意地耸耸肩,丰收时他认为那是他应得的。他将自己看作与其他工人一样的工人(只不过他的工钱是天国的荣耀和永恒),感到自己无愧于这份工作,觉得心满意足。他把心交给人们,却对此淡然处之,好像那和他父亲在米兰自家的小店里卖通心粉一样平常。

十七

我踏上了前往景栋的最后一段旅程。我沿着一条平坦的小路在山谷里走了两三天,一条美丽的小溪在路边流淌,溪岸边生长着许多高大的树木,不时可以看见一只身手敏捷的猴子在树枝间跳跃。然后我开始爬坡。我必须跨越萨尔温江和湄公河流域之间的分水岭,上山时天气很快就冷了下来。我们一路向上。清晨,薄雾笼罩着周围的群山,只有山顶从雾中浮现出来,宛如灰色海洋中一座座绿色的小岛。阳光照在薄雾上,形成一道彩虹,好似一道通往某处人间仙境的桥梁。荒凉的山坡上刮着凛冽的寒风,我很快就感到寒气刺骨。骡道泥泞湿滑,我的小马难以站稳脚步,我只好下马步行。此时雾气渐浓,我只能看到前面几码远的地方。领头骡子的铃铛声沉闷而悲切,冻得浑身发抖的赶骡人步履艰难地默默走在骡子旁边。小路弯弯曲曲地经过一处又一处狭谷,每一次转弯我都以为已经到达了山口,但路依然不断向上延伸,好似没有尽头。突然间,我发现自己正走在下山的路上。好不容易才到达的山口,我已经在不知不觉中越过了,这令我有些失望。当你倾尽全力去实现某种抱负并如愿以偿时,它在你眼中就变得毫无意义了,你会继续前行而没有任何大功告成之感。死亡或许也是一样。我应当补充一句,这处山口高度不过七千英尺,爬到上面也许并不是什么了不起的壮举,不值得进行如此意味深长的思考。

类似的情形也曾发生在华兹华斯身上,当时他和朋友琼斯先生("琼斯,从加来向南,你和我")翻越了阿尔卑斯山,身为诗人的他这样写道:

>……无论我们年轻还是年老,
> 我们的命运,我们的心灵和家园
> 存在于,只存在于无限的永恒;
> 与希望,永不磨灭的希望同在,
> 努力,期盼和渴望,
> 与那还将到来的一切。①

当你知道如何将最合适的字眼以最恰当的顺序连缀起来后,达成美感就是如此简单。大象可以用鼻子拾起一枚六便士硬币,也可以将一棵大树连根拔起。

我来到一处他们说可以望见景栋的地方,但整个地区都沐浴在银色的雾霭中,虽然我极力睁大眼睛,还是什么都看不见。我沿着迂回的山路往下走,逐渐走出了山雾,温暖的阳光照在我的背上。下午,我来到了山下的平原。身后的群山黑魆魆的,山林间暗云缭绕。我骑着马在一条直路上小跑起来,路的宽度足以容牛车通行,路边的稻田此时还只是一片落满尘土的枯黄的稻茬;我从一些背着或者用扁担挑着货物,去城里赶第二天的集市的农民身边经过;最后我来到一座残破的砖砌大门前。那是景栋的城门。我在路上已经走了二十六天。

前来迎接我的是一个骑着神气的白色小马的地方行政官,身材微胖,外表庄重,接待我这个远客倒是十分友好,和他同行的还有一位代表苏巴(掸族对土司的称呼)前来欢迎我的官员。寒暄过后,我们沿着城里的大街继续向前骑行(不过由于街边的房舍全都建在碧树丛生的院落之中,因此这条大街不像城市的街道,而更像是花

---

① 括号中的诗句出自华兹华斯1802年的作品《作于加来,往阿尔德雷的路上》,后面的段落出自长诗《序曲》中的《剑桥和阿尔卑斯》。

园郊区的马路），他们一直将我送到招待所，我就投宿在这里。这是一座粉刷过的长条形的砖砌平房，位于城外的一座小山上，前面有一个阳台，从阳台上可以看到景栋城里褐色的屋顶掩映在碧树丛中，四周郁郁葱葱青山环绕。

十八

我骑上我的掸邦小马来到山下的市集。市集设在一片平地上,占地甚广,有四排露天摊位,熙熙攘攘好不热闹。我在人烟稀少的地方走得久了,骤然见到如此多姿多彩的人群,直感到眼花缭乱。阳光明媚。在沿途经过的那些村庄里,庄户人家穿的多为黑色,或是颜色暗淡的蓝色、栗色,而在这里,色彩就鲜艳多了。女人们衣容整洁,娇小俏丽,脸型扁平,肤色发黄而非黝黑,她们的手很漂亮,和她们戴在头上的鲜花一样柔美,手腕也纤细秀气。她们穿的类似裙子的服装叫做笼基,是围在腰上并在腰间塞紧的一长幅丝绸,笼基的上部是绚丽的彩色条纹,下部则是浅淡的绿色、栗色或者黑色。她们上身穿着整洁朴素的白色紧身短上衣,外面套一件淡绿色、粉色或黑色的加了衬垫的外套,款式类似于西班牙人的开襟短上衣,袖子很窄,肩上有两片小翼,使人不由得想象,她们随时都可能微笑着飞走。男子穿着同样艳丽的笼基或者掸族特色的灯笼裤。许多人戴着编织精细的灭烛器形状的大草帽,弧形的帽檐异常宽大,不安分地扣在男男女女浓密的头发和头巾上。这种造型夸张的帽子成百上千,随着人们一刻不停的运动而上下起伏摇摆晃动,如此奇妙的景象让你很难相信这些人正在忙于严肃的生计,而不是在一场欢乐的聚会上互相说着令人捧腹的笑话。

按照东方的惯例,卖同一类货品的商家往往聚在同一个地方。货摊不过是几根柱子撑起一个瓦顶,足以证明此地气候之温和,地面或是踩踏而成的平地,或是一个低低的木头平台。卖货的大多是些妇女,每个摊位上通常有三四个妇人,坐在那里抽着长长的青色方头雪茄。但卖药的摊贩都是些上了年纪的老先生,满脸皱纹,眼睛布满血丝,样子有点像巫师。他们卖的药品令我大开眼界。我惊愕地打量着那一堆堆晒干的草药和大盒大盒、各种颜色的药粉,蓝的、黄的、红的、绿的,不由得佩服那些敢于尝试它们的人实在勇气可嘉。小时候,我曾经被哄诱着吞服过一剂泻盐,我当时还以为那是因为我听话而奖励我的一勺李子酱(从那以后我再也吃不得李子酱了),可是我无法想象一个溺爱孩子的掸族母亲在喂孩子一大勺砂砾般的绿宝石粉时,要如何骗过他。有的药丸大得出奇,令人不禁纳闷,天底下哪有那么粗的喉咙可以用水把它们送下去。有看似从地里挖出来任其腐烂的植物根部的风干小动物,还有看似风干小动物的植物根部。然而这些老药师并不缺少主顾。他们整个上午生意兴隆,他们用来称药的不是我们国内使用的那种扁平的秤砣,而是铸成佛像形状的大块铅锭。我的耐心最终收到了回报,我看见一个人买了一打矮脚鸡鸡蛋大小的药丸,用拇指和食指拈起一颗,张开嘴放了进去。他咽得很费力,脸上的表情扭曲了片刻,然后他猛一用力,将药丸吞了下去。卖药人用浑浊的眼睛看着他。

十九

市集上吃的、穿的,以及满足掸人简单生活所需的家具什物应有尽有。这里有产自中国的丝绸,身穿蓝色长裤、黑色紧身上装,头戴黑绸小帽的中国商贩神态安详地吸着水烟。他们的举止不乏优雅。中国人是东方的贵族。印度商贩穿着白色长裤和紧贴瘦削身体的白色束腰短袍,头戴黑天鹅绒圆帽。他们出售肥皂、纽扣、轻薄的印度丝绸、曼彻斯特棉布、闹钟、眼镜和设菲尔德①刀具。掸人售卖的是周围山区的部落族人从山上带下来的土产和他们自己制作的一些简单的产品。不时可以看到一小队乐手占据着一个摊位,一群人站在旁边漫不经心地听着。其中一支乐队有三个人敲锣,一个人击镲,还有一个人在重重地敲击一面几乎和他身高等长的鼓。我那未经训练的耳朵在这一片芜杂之中辨别不出任何章法,只感到一种令人不无兴奋的直接诉诸原始激情的感染力。往前走了不远,我又遇到另一支乐队,这一次不是掸人,而是山地居民,他们吹奏的长长的竹管乐器发出忧郁的颤音。在那含混而单调的音乐中,我似乎时而捕捉到了一支伤感的旋律的几个音符。它给人一种非常古老的感觉。所有激越的表达,所有激发听者强烈反应的元素都已从中消磨殆尽,只留下供人想象的柔和的暗示和指向深埋心底的欲望、希望与绝望的线索。你感觉,这是离开故乡的草原四处漂泊的游牧部落在夜晚的篝火旁回忆起来的音乐,是在丛林零星的声响和河水寂静的流淌中产生的音乐。在我的想象中(我的想象已经被涌入脑海、难以控制的文字的力量激发起来了,这是作家的通性),它表现了那些不知自己从何处来又要往何处去的人们在陌生和充满敌意的环境中的困惑,是一声悲哀的质问的呐喊,是一首同唱的歌(就像在海上遭遇风暴的人互相讲下流故事来驱散汹涌的巨浪和呼啸的狂风带给他们的不安一样),使他们从人与人的相互陪伴中得到慰藉,对抗世界的孤独。

　　不过,集市上熙来攘往的人群中可没有丝毫的忧愁苦闷。他们有说有笑无忧无虑。他们来这里不仅是为了买卖,也是为了跟朋友闲聊,一起消磨时光。这里不仅是景栋,还是周边五十英里范围内的乡民的会聚之所。他们在这里获取新闻,听到最新的故事。赶集几乎同看戏一样,而这出戏无疑远比大多数戏剧都精彩。前来赶集的大多是掸人,许多其他部落的成员穿着各具特色的服装漫步在他们中间。这些人三五成群一起行动,仿佛在这陌生的环境中感到胆怯,害怕彼此分开。对他们来说,这里想必是一座人口众多的大城市,他们以乡下人对城里人敬畏与鄙视兼而有之的奇特心理同后者保持着距离。他们之中有泰人、老挝人、高人、伯朗人、佤人和天知道哪些其他民族。熟悉这些部落情况的人将佤人分为野蛮和驯良两类,那些野蛮的佤人从不离开他们的山寨。他们是猎头族,不过他们猎取人头并非像达雅克人②那样为了炫耀,或是像曼布韦人③那样出于审美的原因,而纯粹是为了保护庄稼的实用主义目的。一个新鲜的头骨可以保护秧苗茁壮成长,因此在春天即将到来时,每个村子都会派一小队人外出寻找合适的外乡人下手。之所以寻找外乡人,是因为他们不熟悉当地的环境,他们的灵魂无法离开他们的尸骨。据说几乎没有人会在狩猎季节去那些地区旅行。驯良的佤人则是一副和蔼可亲的样子,他们的外表虽然相当狂野,却也别具美感。高族人以其健美的体格和黝黑的肤色在人群中独具

---

① 位于英国的中心地带,曾经是英国的钢铁之城。
② 又称达雅族,生活在印度尼西亚加里曼丹岛。
③ 赞比亚的一个部族。

特色。但官方却宣称他们的黑皮肤主要是因为他们不爱洗澡。高族妇女头上戴着缀满银珠的饰物，看起来就像一顶头盔；她们的头发从中间分开，垂过双耳，就像在欧仁妮皇后①的画像上看到的那种发型；那些中年妇女布满皱纹的小脸显得十分诙谐。她们身穿短衣短裙，打着绑腿，在上衣和短裙之间露出一大截空当，我不能不注意到，大大方方地露出肚脐为这些妇女的面容增添了多少个性的光彩。高族男子穿一身暗淡的蓝色，裹着头巾。年轻小伙子把金盏花插在头巾上作为标识，表示他们是想要结婚的单身汉。我不知道那些花是一直插在那里，还是只有在他们求偶心切时才插上去——因为大概没有人会在一个寒冷霜冻的早晨想到结婚的。我看见一个人的头巾上插着半打花。他将自己的意图表达得不容置疑。他看上去活泼漂亮，但姑娘们似乎并不怎么注意他，而他呢，我不得不承认，好像也不大在意她们。也许她们认为他的热情被夸大了，而他呢，我猜，既然广告已经见报，也就乐得不去管它了。他是个讨人喜欢的家伙，皮肤黝黑，乌黑的大眼睛闪着自信的光芒。他站立时微微弓着背，仿佛全身的肌肉都绷紧了力量。有农民用木棍架着被细绳拴住脚的鸽子在人群中贩卖，你可以买来放生为自己积德，也可以让它为下一天的咖喱增添一点风味。那个高族小伙子显然是个花钱随意的人，一个卖鸽子的经过他身边时，他头脑一热就买了一只（从他表情丰富的脸上可以看出，这个念头来得多么突然），当那只粉红胸脯的灰色林鸽被递到他的手中时，他双手捧着它呆了一会儿，随后扬起手臂，以和赫库兰尼姆②的青铜男孩像一样的姿势将鸽子高高抛向空中。他目送着它迅速飞走，飞回它自幼栖息的森林，英俊的脸上露出孩子般的笑容。

---

① 欧仁妮·德·蒙蒂霍(1826—1920)，拿破仑三世的皇后。
② 位于意大利西南部，与庞贝一同毁于维苏威火山爆发的古城。

二十

我在景栋待了大半个星期。这里的天气晴朗温和，招待所里也宽敞整洁。在路上辛苦奔波了那么多天，闲下来的感觉实在令人惬意。想睡多久就睡多久，穿着睡衣吃早餐，不啻为乐事一桩；用一本书悠闲地消磨一个上午，同样是乐事一桩。如果你因为不用赶火车，不用赴约会就以为你在旅途中拥有行动自由，那你就错了。在路上，你的日程安排是确定的，就像你在城市里每天早上必须去上班一样。你的行动并非随心所欲，而是由路程的长短和骡子的脚力决定的。尽管你并不在意早半个小时还是晚半个小时到达目的地，每天早上你还是会急忙起床，匆匆收拾，赶紧上路，不敢有片刻耽搁。

我抑制住了初来景栋时的激动心情。它是个村庄，比我沿途经过的那些村庄大，但依然是个村庄，有着宽敞的木头房子，街道很宽，全是土路，我在这里只能尽量寻找一些有趣的东西来看。集日一过，市面上便冷清下来。大街上只能看见几条骨瘦如柴的流浪狗。在一两家店铺里，独自看店的妇人百无聊赖地坐在地上抽方头雪茄，根本不指望在这种日子有顾客上门；在另一家店里，四个中国人正蹲在地上赌钱。周围一片寂静。土路上印着深深的车辙，热辣的阳光从蔚蓝的天空中直射下来。街上突然前后走来三个戴着怪有趣的大帽子的瘦小妇人，肩头的竹担上挑着两个筐子，她们弯着膝盖，步子迈得很快，仿佛稍一慢下来就会被肩上的担子压垮。她们在空荡荡的大街上构成了一幅转瞬即逝的图案。

寺院里同样阒寂无声。景栋大约有十来座寺院，从招待所所在的小山上向城里眺望,一眼就能看到它们那高耸的屋顶。每座寺院都是一个带围墙的大院,院里有许多日渐残破的宝塔。大殿里巨大的佛陀坐像法相庄严,由另外八个或十个几乎与其同样大小的塑像簇拥在中间。大殿的外观好像一座谷仓,但支撑屋顶的巨大的柚木柱以及木墙和椽子都是经过金、漆髹饰的。屋檐下悬挂着绘有佛祖生前事迹的画工质拙的图画。大殿里昏暗肃穆,微光中端坐在巨大的莲花宝座上的一尊尊佛像就像一些曾经风光无限、如今却乏人问津的神明,但金漆剥落、不复往日辉煌的他们却对人们的冷落毫不在意,仍然继续思考着苦难和苦难的终结,人生的无常和八支正道①。这种超然令人惊叹。你放轻脚步,以免打扰他们的冥思,当你将金漆雕花的殿门在身后关上,重新回到明朗的阳光下时,你会如释重负地舒一口气。这种感觉就像无意中走错地址,误入另一场聚会,在意识到自己的错误后迅速溜走,希望没有被人察觉。

---

① 亦称八正道,意谓达到佛教最高理想境地(涅槃)的八种方法和途径。

二十一

回想我之所以会偶然来到这样一个遥远的地方,我那散漫的思绪集中到了一个偶然结识的落落寡合的高大身影上,正是他无意中的几句话诱使我踏上这次的旅途。我尝试从他留给我的点滴印象中构建出一个活生生的人。当我们与他人相遇时,我们看到的是一个扁平的人,他们只对我们呈现出他们的一个方面,而他们的整体则依然模糊不清,我们必须用自己的经验和想象使他们变得丰满和立体。这就是为什么虚构的人物往往比生活中的人物更具真实感。他是一名军人,在莱梅的宪兵哨所当了五年指挥官,莱梅位于景栋东南几英里处,意为"梦的山丘"。

我想他并不是个热衷打猎的人,因为据我观察,大多数人在猎物丰富的地方住久了都会对猎杀丛林中的野生动物感到厌倦。初来乍到时,他们为了满足自尊而射杀了老虎、野牛和鹿等各种动物,后来就逐渐失去了兴趣。在了解了它们的习性之后,他们意识到那些优雅的生命和他们一样拥有生存的权利;他们对它们产生了感情,只有在不得已时,才会拿起枪去射杀一头惊扰村民的老虎,或是一只山鹬或鹧作为盘中物。

五年是人生中的一大段时光。他谈到景栋就像一个恋人谈到自己的新娘。那段经历如此铭心刻骨,使他在同伴中永远显得与众不同。他沉默寡言,像许多英国人那样只会言辞笨拙地讲述他在那里的发现。我不知道即使对他自己,他是否能够用清晰的语言说出,当他在某个与世隔绝的村庄与长者们围坐夜谈时,触动他心灵的是何种模糊的情感,我也不知道他是否问过自己那些(如冬日里贫民收容所门外的无家可归者一般)静默而立、等待回答的问题,那些对于他这种境况和宗教信仰的人而言如此新鲜和陌生的问题。他爱那草木葱茏的山野和满天繁星的夜晚。他在那漫长单调的日子上绣出一幅如雾似幻的图案。我不知道那是什么。我只能猜想那令他回到的那个世界,那个由俱乐部和食堂餐桌、蒸汽机车和汽车、舞会和网球派对、政治、阴谋、喧扰、骚动和报纸构成的世界变得陌生而毫无意义。尽管他身在其中,甚至乐在其中,却对它全然保持着疏离。我想它对他已经失去了意义。在他心中的是那个他永远也无法挽回的美梦的回忆。

我们大多喜欢交际,对那些不爱与人交往的人我们怀恨在心。我们不满足于说他是个怪人,我们还要将卑劣的动机安在他的头上。他竟然不需要我们,这让我们的自尊心受到了伤害,我们心照不宣地表示,一个人的生活方式这样奇怪,必定有某种见不得人的恶习,如果他不住在自己的国家,只可能因为他在国内无处容身。但有些人并不喜欢社交,他们不需要与人为伴,在热情洋溢的同伴中间,他们感到局促不安。他们有着无法克服的羞怯。与他人分享感受令他们难堪。一想到全场大合唱,哪怕只是《天佑吾王》,都使他们难以为情;他们只会在洗澡时唱歌。他们自满自足,对于世人将这个形容词用于贬义,他们只能无可奈何地——必须承认,有时是不屑一顾地——耸耸肩。无论身在何处,他们都觉得自己格格不入。在世间各处都可以发现他们的影踪,他们是一个无需誓言约束而自行遁世、不被石墙禁闭而与世隔绝的庞大的隐修会的成员。如果你漫游世界各地,你会在各种意想不到的地方与他们邂逅。当你因为汽车抛锚而偶然滞留于一个意大利小镇时,听说镇外一座山间别墅里住着一位年长的英国女士,你并不会感到惊讶,因为意大利向来是这些古板的修女们偏爱的避风港。她们通常经济宽裕,对意大利十六世纪的文化艺术有着广博的知识。如果有人指着安达卢西亚①一座孤零零的大庄园告诉你,多年来那里一直居住着一位有点年纪的英国女士,你也会视为理所当然。她们通常是虔诚的天主教徒,有些人还跟自己的马车夫一起过着罪恶的生活②。不过,当你听说了下面这些事例,比如某个中国城市里唯一的白人不是传教士,而是一个不知何故在那里生活了四分之一世纪的英国女士,或者在南太平洋小岛以及爪哇中部某个村庄外缘的小屋里住着一位英国女士时,你还是会感到有些吃惊。她们过着离群索居的生活,没有朋友,也不欢迎陌生人。尽管她们可能已经几个月没有见到同种族的人,在路上遇到你时,她们还是会视而不见地与你擦身而过;如果你借同胞之名前去拜访,很可能会吃闭门羹。若是她们同意见你,她们会用银质茶壶为你斟茶,用老伍斯特瓷盘端来热司康饼,她们会客客气气地同你交谈,仿佛她们是在伦敦一间俯瞰广场的客厅里接待你。不过在你告辞时,她们不会表达再次同你相见的愿望。

男士们则更加腼腆也更加友好。起初他们会拘谨得说不出话来,在他们绞尽脑汁寻找话题时,可以看到他们脸上露出焦急的神色。但一杯威士忌便会令他们放松下来(因为他们有时喜欢小酌几杯),变得健谈起来。他们很高兴见到你,但你务必小心,不要叨扰太久;他们很快就会厌倦他人的陪伴,并为不得不勉强奉陪而焦躁不安。相较于女士们,他们更倾向于不修边幅,他们过着邋遢的生活,对环境和食物毫不在意。他们通常有一份名义上的工作,有的经营着一片小店,却不在乎生意如何,店里的商品总是落满灰尘和蝇屎;有的散漫无能地管理着一个椰子种植园。他们总是处在破产的边缘。有些人沉浸在形而上学的思考之中,我遇到过一个人,他

---

① 西班牙南部一地区。
② 指未婚同居。

花费了数年时间研究并注释伊曼纽尔·斯维登堡①的著作。有些人是孜孜不倦的学者,耗费无数心力翻译那些前人已经翻译过的经典作品,诸如柏拉图的对话录,或是那些无法移译的作品,诸如歌德的《浮士德》。他们也许不是社会上的有用之才,但他们过着于人无碍的清白生活。如果世界对他们投以冷眼,他们同样也以冷眼回报。回归那个动荡不安的世界在他们想来犹如噩梦一场。他们别无所求,只求无人打扰他们的清静。这种与世无争的态度有些令人恼火。有人主动放弃了我们大多数人营营逐逐、为我们的人生赋予意义的一切,并且对他们错过的东西毫不羡慕,想到他们而依然能泰然自处是需要有很高的哲学修养的。我始终无法断定他们究竟是愚人还是智者。他们为一个梦想,一个平静、幸福、自由的梦想放弃了所有,他们的愿望如此强烈,最终将梦想变为了现实。

---

① 伊曼纽尔·斯维登堡(1688—1772),瑞典科学家和神学家。

二十二

我已经闲得够久,于是在一个晴朗的早晨,我和驮队从景栋出发了。与我同行的还有一位苏巴手下的官员,他要将我护送到苏巴领地的边界。这是一位身宽体胖的先生,骑一匹瘦得皮包骨头的小马。第一天我们走的是平原,路的两边都是稻田,之后我们就再次一头扎进了山区。此时已经没有公共工程处的驿站可以供我投宿,不过慷慨的苏巴已尽地主之谊,已经先行派遣信使前往沿途的各个村庄,吩咐他们为我造屋。专门建一栋房子,只为我一晚之用,这让我感觉自己像个大人物,我住的第一栋房子让我满心欢喜。它就像个玩具,几乎不能遮风挡雨,而在天气好的时候,比起中年作家,这里更适合年轻的情侣居住。小屋非常干净整洁,因为建造它所用的竹子都是当天早上砍来的,散发着富有生气的清新怡人的芳香。整个屋子,墙壁、地板和屋顶都是翠绿的。有两个房间和一个宽敞的阳台。墙壁和地板高出地面约三英尺,用劈开的竹子建造,支柱和横梁用的是完整的竹子,屋顶用稻草葺得匀净整齐。地板是有弹性的,习惯于脚踏实地的我起初还有些不放心,走得小心翼翼;不过地板下面有一层用结实的竹子搭建的网格,其实是非常牢固的。几英尺外是一条湍急的山溪(白天我已经跨过它六七次了,或是涉水而过,或是借由一座摇摇欲坠的小桥),溪流两岸林木茂密。屋前有一小块放牛的空地,对面一座苍翠的青山挡住了我的视线。好一个迷人的所在。

有一天,通知地方上为我安排住宿的信件当天上午才送到,当我结束一日行程,抵达丛林中的宿营地时,发现房子尚未完工,从几英里外的村庄召来为我建房的村民仍在忙碌。观看村民们用简陋的砍刀迅捷熟练地伐竹劈竹制作地板,心灵手巧地安装屋椽,干净利落地葺盖屋顶,固然十分新奇,但我对此全无兴趣。我又累又饿,只想要一间厨房,让仆人为我准备餐饭,一个放床的地方,让我可以躺下休息。我失去理智,大发雷霆。我派人叫来苏巴手下的官员,厉声责骂他的失职。我发誓要打发他回去见他的主人,并且用我在愤怒之中能够想到的所有惩罚来威胁他。我不听他辩解。事实上,在我这一生中从没有人如此费心,对我照顾得这样周到;在许多偏远地区旅行时,我只能自己照顾自己,只要有地方住,随便哪里都能将就。我曾经在一艘上无遮盖的划艇上愉快地睡了七天,也曾在南太平洋岛屿上与当地土人一家同住一间透风透雨的小屋。从未有人想过专门为我建一所房子,何况是在莽莽丛林之中,这种关照是我无权要求的。这件事说明一个道理,即使最理智的人也很容易变得忘乎所以:给他一些特权,转瞬之间,他就会将它们视为不可剥夺的权利;给他一点权力,他就会开始作威作福。给一个傻瓜一身制服,在他的衣领上缝一两枚领章,他就会认为他的话即法律。

  房子建好了,绿意盎然的林中空地上竖起一座翠绿的小屋,湍急的溪流在青翠的溪岸间喧哗流淌,吃过饭后,我自嘲地笑了。在景栋时,我发现我带的杜松子酒行将告罄,由于担心在接下来的旅途中只有茶和咖啡与我做伴,因此从一个廓尔喀人手里买了一些自制的朗姆酒;酒是好酒,但我并不喜欢。于是,为了表示我对自己愚蠢行为的真诚忏悔,我送了两瓶给那位苏巴的官员。

二十三

在阅读探险家的著作时,有一件事令我印象深刻:他们从不告诉读者他们在旅途中的饮食状况,除非是为了讲述他们绝境求生的艰难。比如,当他们山穷水尽,皮带已经收紧到最后一个孔眼时,他们射杀了一只鹿或一头野牛作为食物补给;又比如,当他们严重缺水,驮东西的牲畜已经奄奄一息时,他们极其幸运地在最后一刻发现了一口水井,或是,他们在夜里看到远方的一点闪光告诉他们,拖着疲惫的身体再走几英里,他们就可以找到冰块解渴,而他们通过最巧妙的推理,找到了那个地方。这时,他们凝重阴郁的脸上便会露出欣慰的表情,或许偶尔还会有一滴感激的泪水从他们满是风尘的面颊滑落。不过我并不是探险家,饮食二字对我足够重要,因此我决定费一点笔墨,在这里将它们详述一番。我清楚地记得一个驿站的看门人,那是在我前往景栋的途中,看门人毕恭毕敬地端来一个用餐巾盖着的气派十足的大盘子,他掀开餐巾,恳请我收下盘子上的两颗大卷心菜。当时我已经两周没有吃到青菜了,那两颗卷心菜在我吃来比萨里郡菜园里的新鲜豌豆和阿让特伊①的嫩芦笋还要美味。当你身心俱疲地骑马来到一个村庄时,看见一群肥鸭正在池塘上嬉水,这是一幅多么赏心悦目振奋人心的景象。此时的它们并不知道,它们中最肥最嫩的那一个命中注定将会在第二天配上烤土豆和丰富的酱汁,供你美餐一顿(谁又能逃脱命运的安排呢?)。傍晚太阳落山之前,你出门散步,在离院子不远处看见两只绿色的鸽子在林中飞翔。它们沿着小路的方向,似乎在互相追逐嬉戏,它们是那么温顺友爱,除非你是铁石心肠,否则一定会被它们的样子感动。想到它们单纯幸福的生活,你依稀记起童年时背过的一篇拉封丹寓言,有客人来看望你母亲时,你会羞涩地为他们背诵。

> 两只鸽子相亲又相爱,
> 其中一只厌倦了家宅,
> 它疯狂地把远方向往,
> 要去外面的世界闯荡。

看到这些娇小美丽的动物,迷人而放荡的劳伦斯·斯特恩②想必会感动落泪,写下一段令人心碎的文字。但你没有那么多愁善感。你手上拿着枪,尽管枪法不佳,击中它们却并非难事。不一会儿工夫,跟在你身边的那个当地人就会毫不怜悯地从地上捡起这对美丽的小鸟,上一秒它们还充满活力,下一秒就已命丧枪下。第二天早上当你的廓尔喀仆人兰拉尔给你上早餐时,烤得恰到好处、肥美多汁的它们将会是何等美味!

我的厨子是个人过中年的泰卢固人③,一张瘦削的紫膛脸饱经风霜纹路纵横,浓密的头发也已变得花白。他穿一件白色束腰短袍,缠着白头巾,又瘦又高,神情阴郁,外表相当引人注目。他走起路来大步流星,每天走十二到十四英里路程对他来说完全不在话下。第一次看见这个很有派头的大胡子男人身手敏捷地爬上院子里的一棵树,摇落制作酱汁所需的水果,着实让我吃了一惊。同许多艺术家一样,他的人比他的作品有趣;他厨艺平平,菜式单一,有一天他给我做了酒浸果酱布丁,第二天做了面包布丁;这两种布丁

---

① 位于巴黎郊区,塞纳河畔。
② 劳伦斯·斯特恩(1713—1768),英国作家,当过圣公会牧师,代表作为奇书《项狄传》。
③ 主要分布在印度东南部安得拉邦,属于达罗毗荼人种类型。

是东方最常见的英式甜点,看着日本人、中国人、马来人和马德拉斯人将它们端上京都、厦门、亚罗士打①和毛淡棉②的一张又一张餐桌,想到那些将它们传入古老东方的英国女士在乡间牧师宅邸或海滨别墅(与退休的上校父亲同住)的单调生活,你会不由得感到一阵深切的同情。我对厨事知之甚少,但还是自告奋勇地教了我的泰卢固厨子咸牛肉土豆泥的做法。我相信他在离开我之后会将这道宝贵的菜谱传授给其他厨师,从而为生活在东方的英国侨民那单调的菜单增添一道菜式。我将造福于我的同胞。

我知道厨房又脏又乱,不过在这种事上过于计较是不明智的;想想你吃下去的东西在你的胃肠中发生的那些有碍食欲的变化,对它们的制作过程过于挑剔似乎有些荒谬。必须承认,从一尘不染的厨房里未必总能做出美味的食物。然而当兰拉尔向我抱怨那个泰卢固人脏乱至极,让人吃不下他做的饭菜时,我还是吃了一惊。我再次走进厨房亲自察看,很快便发现我的厨子喝得醉醺醺的。据说他常喝得酩酊大醉,兰拉尔不得不经常代他下厨。此时我们距离任何一个可以找人替换他的地方都有十四天的路程,因此我只能责骂他一通了事(可惜效果有限,因为他们只能把我的话翻译成他听不大懂的缅甸语)。我说的最尖刻的一句话是,一个酗酒的厨子至少应该是个好厨子,但他只是睁着忧伤的大眼睛看着我,没有畏缩。在景栋时,他曾外出纵酒狂饮,一连三天不见人影;由于接下来还有四个星期的路程才能到达暹罗境内的铁路起点,我四处寻找可以取代他的人,但没有找到。因此当他满怀歉意愁眉苦脸地重新露面时,我做出虽然感到痛心却依然宽宏大量的姿态原谅了他,他保证在后面的旅途中不再喝酒。人应当宽容别人的缺点。

---

① 马来西亚西北部城市。
② 缅甸东南部海港城市。

在沿途经过的村庄,我经常看见小猪在吊脚楼的支柱下面跑来跑去,在离开景栋约一周后,我忽然想到可以用乳猪来改善一下伙食;于是我吩咐仆人,下次再有机会就买一只。一天,当我抵达驿站小屋时,仆人拿来一只躺在篮子里的小黑猪让我过目。它看上去不过一周大。之后的几天,我们把它带在路上,由我在景栋雇来给酗酒的厨子打下手的中国小厮提着篮子,走了一站又一站;他和兰拉尔同它玩耍,把它当成了宠物。我打算把它留到一个特殊的场合享用。我常常一边骑着马,一边愉快地想象着用它做成的美味大餐;虽然苹果酱无从奢望,可是一想到烤乳猪那酥脆的皮,我就禁不住要流口水;我告诉自己,它的肉一定又香又嫩。我担心地问泰卢固人是否真的知道这道菜的做法。他以全体祖先的头颅起誓,对于烤乳猪他知道得一清二楚。我暂停行程,让人马休息一天,随后吩咐把小猪杀了。然而当它上桌时(人的希望是多么容易落空啊!),没有酥脆的皮,没有白嫩的肉,只有棕乎乎烂糟糟的一团,完全无法食用。我沮丧了好一会儿。我想知道那些伟大的探险家遇到这种情况会做何反应。斯坦利①那坚毅的面庞会笼上一层愤怒的阴云吗?利文斯通医生②是否仍能保持基督徒的沉着冷静? 我叹了口气。那头黑色的小乳猪被过早地从母亲的怀里夺走,不是为了落得这个下场。早知如此,还不如留它在掸人的村庄里过幸福的生活。我派人叫厨子过来。过了一会,兰拉尔和翻译久梭二人一边一个扶着他走了进来。他们放开他之后,他就像一艘在浪涛上抛锚的纵帆船那样缓缓地来回摇晃着。

　　"他醉了。"我说。

　　"醉得像个大老爷。"久梭答道。他读的是东枝的贵族学校,知

---

① 亨利·斯坦利(1841—1904),英国记者,非洲探险家。
② 大卫·利文斯通(1813—1873),苏格兰传教士,非洲探险家。

道许多英语俚语。

（从前有个人一大早去拜访某个维多利亚时代最显赫的人物，男管家告诉他：

"老爷还没有起床，先生。"

"哦，那他什么时候吃早餐呢？"

管家神态自若地说："他不吃早餐，先生。老爷在十一点钟左右通常不大舒服。"）

泰卢固人看着我，我也看着他。他那双明亮的眼睛一片空茫。

"带他下去，"我说，"早上把工钱给他，让他走人。"

"好的，先生，"久梭说，"我认为这样最好。"

他们拉他出去，外面的台阶上传来乒乒乓乓一阵乱响，究竟是泰卢固人摔倒了还是久梭和兰拉尔把他扔下去了，我觉得没有必要过问。

第二天早上，我正在阳台上吃早餐，久梭进来问我当天有什么指示，顺道和我闲聊几句。我们的小屋在一个很大的村庄边上，这里比我们通常所见的掸族村庄热闹一些。前一天我抵达这里的时间也许比村民们预计的早了一些，妇女们只围了一条拉上去遮住胸脯的笼基，上半身什么都没穿；而今天，恐怕是因为她们好心地把我当成了什么大人物，出于对我的尊敬，她们穿了紧身短上衣，神态也没有那么可爱了。厨子突然出现在小屋前面。他的肩上背着一个包袱，他将它放在地上，郑重地朝我深鞠一躬，然后迅速拿起包袱，转身离去了。

"我给了他工钱和路费。"久梭说。

"他要离开吗？"我问。

"是啊，先生。您说今天一早就打发他走。他给您做了早餐，这就要离开了。"

我没有作声。我的话就是法律,我猜这对我的约束比对其他人更加严格。这里距离景栋有十二天的路程,泰卢固人这一路上都见不到几个人影,然后他还要再走二十三天才能到达东枝。我目送他走上那条通往丛林的小路,我时常留意到他那大步流星的矫健步伐。可是如今的他,穿着肮脏破旧的衣服,随随便便地绾着头巾,形容憔悴,看上去无比落寞,在包袱的重压下,他似乎走得步履维艰。我并不真的在意他是否邋遢和酗酒,我吃罐头牛舌和吃乳猪一样津津有味。他现在显得非常弱小,他费力地走着,不久之后就会走出我的视线,消失在茫茫的亚洲大地上。看着这个将老之人就这样走向未知的前路,有种令人无限怜悯,不,甚至是无尽悲哀的感觉。从他迟缓的步态中,我仿佛读出了一个被生活打败的人的绝望。久梭似乎看出了我的不安,他直率而宽容地微笑着说:

"您对他已经仁至义尽了,先生。换作我,早就打发他走了。"

"你告诉他的时候他难过吗?"

"哦,没有,先生。他知道自己活该。他不是坏人,小偷小摸,酗酒,邋遢,如此而已。回东枝后,他会找到另一份工作的。"

二十四

风平浪静的日子就像教诲诗里押韵的对句一样一个接一个地过去了。这个国家人烟稀少。我们一路上只遇到过几个高族人,偶尔看到他们坐落在山坡上的村寨。每一站都很长,一天的路走下来,我们都累得精疲力尽。沿途没有公路,只有一条狭窄的小道,经过树下时,小道上泥泞不堪,小马走得磕磕绊绊,泥水四溅;有时泥浆没过了马儿的膝盖,它们只能以极慢的速度前进。旅途艰辛而枯燥。我们翻过一座座低矮的山冈,沿着蜿蜒的河岸一路前行;起初这只是一条可以轻松涉过的狭窄的小溪,随后日渐变得宽阔而湍急。我们最后一次涉水而过时,河水已经深得没过了马肚子。此后它变成一股巨大的水流,喧腾地冲过有岩石阻挡的地方,然后继续平静而迅疾地流淌。我们登上一只系在横跨两岸的竹索上的竹筏,拉着竹索过河。旅行者见到的大多数热带河流都非常宽阔,但这条被郁郁葱葱的植被覆盖的河流却像韦河①一样狭窄。可是你绝不会将它误认为英国的河流,它完全没有我们英国河流的温和平静,也没有它们的明媚和淡然;它阴郁而悲伤,像人类横流的欲望一样肆意地流淌。

我们在河边高大的树木间扎营,夜晚,蟋蟀的叫声和鸟鸣蛙唱声响亮而持久。有一个流传甚广的观念,认为夜晚的丛林寂静无声,作家们也常常在这个问题上滔滔不绝;但他们描述的寂静是精神上的,是由远离尘世的孤独感以及对黑夜庄严的树木和茂盛生长的森林的敬畏感转化而来的;事实上,这里吵极了,在适应这片嘈杂之前,你都很难入睡。然而当你躺在床上静听这喧声一片时,你的心里会有一种奇怪的不安,这种不安的确像是一种可怕的、不似人间的寂静。

但我们最终抵达了丛林的尽头,小道虽然坑洼不平,但已足以容一辆牛车通过。客栈视野开阔,可以看见大片的稻田和蓝色的远山。尽管山还是那些山,我已经在里面走了不知多少天,但此时的它们却多了一分奇特的浪漫气质。山的深处是有魔力的。我惊讶地发现,重新回到开阔的地带对人的精神竟会有那么大的影响。直到这时,你才会意识到,那些在丛林中跋涉的日子是多么令人压抑。你顿时感到心满意足,对同伴也和颜悦色起来。

之后,我们来到一个繁华的大村庄,名叫红列,村里有一栋建得很好的宽敞的客栈,这是我们抵达暹罗之前的最后一站。前面的山就是暹罗的山了。接近边境时,我想我们都有一种欢欣鼓舞的感觉。我们从一座古雅的廊桥上穿过一个整洁的小村庄(接近暹罗时,沿途的村庄在我们即将进入的国家的更繁盛文明的影响下,似乎也变得更加繁荣),来到一条缓缓流动的小河旁。这就是界河。我们涉水而过,进入暹罗。

---

① 泰晤士河支流,位于英格兰东南部。

二十五

我们骑马穿过一片柚木幼林,来到我计划过夜的村庄。这里有一个警察哨所,干净整洁,鲜花满园;警察小队长虽然穿着卡其制服,手下有一群仪表整洁的小兵,但是看见一个白人带着阵仗如此庞大的随从还是有些手足无措,他告诉我们村里没有客栈,指点我们去寺院投宿。寺院距离大路约有四分之一英里,我从稻田里骑马过去。这是一座非常寒酸的小寺院,只有一间用土坯建造的谷仓似的佛殿,里面供奉着佛像,还有一座木头平房,是僧人和弟子们的住处。我的床就支在佛殿上,连同我的露营装备一起,就在佛像的眼皮底下。僧人们对此并不介意。他们兴致盎然地反复端详我的行李物品,像动物园游客观看野兽进食那样看我吃东西,晚上,在我玩单人纸牌游戏的时候,他们睁大好奇的眼睛站在旁边围观。不一会儿,他们领会了我那些复杂动作的用意,在我一鼓作气将一打合适的牌移入一列时,他们情不自禁发出一声低低的惊呼(就像高空秋千表演者在离地一百英尺的高空表演连翻三个跟头的绝技时,台下安静的观众发出的那种捧场的、痛苦的抽噎)。然而人性的弱点就是这样,一旦他们中有一个人对我在做什么有了一星半点的概念,并迫不及待地低声讲给其他人听,所有人便会兴奋地喊叫着,激动地比画着围拢在我身边;他们一把抓住我的胳膊,向我指出一张我应当移动的纸牌(不懂暹罗语的我要如何向他们解释,绝对不可以将红桃六放到方块七的上面?);我不得不强行阻止他们动一张我打算在充分思考之后再动的牌,而当我这样做时,获得了他们的一片喝彩。无论是佛寺里的僧人,还是英国首相,在看别人玩单人纸牌游戏时，没有人能做到观牌不语。

晚上八点，见习僧人们用单调的声音念起经来，有几个还抽起了方头雪茄，然后他们就留下我一个人在这里独自过夜。佛殿没有门，蓝色的夜乘虚而入，桌案上的佛像发出微弱的亮光。地面很干净，由积功德的妇女们打扫过，但是有上千只蚂蚁，也许是被虔诚的信徒敬献的米饭吸引来的，扰得我难以入睡。过了一会，我对入睡不再抱有希望，便起身下床，走到门口，看着外面的夜色。空气温和宜人。我看见一个人在院子里走来走去，很快便认出那是久梭。他同样睡不着。我递给他一支方头雪茄，和他在佛殿的台阶上坐下。他对暹罗佛教有些不屑。这里的僧人似乎不像佛祖指示的那样外出托钵化缘，而是让信众将米饭和食物送到寺里来。和大多数掸人一样，久梭也曾做过一阵见习僧人，他不无得意地告诉我，他在化缘一事上从未懈怠。他咯咯地笑了。

"我总是先回自己家，将家人做的可口的饭菜盛在钵底，盖上一片叶子，再继续去别处化缘，直到钵满为止。回到寺院后，我把叶子上面的东西全都拿去喂狗，只吃下面的好菜好饭。"

我问他喜不喜欢那种生活。他耸了耸肩。

"每天都无事可做，"他说，"早上做两小时的功课，晚上念经，除此之外整天无所事事。还俗回家的时候我很高兴。"

我请他给我讲讲转世轮回的事。

"我家附近的村子里有一个人记得自己的前世。在他的前世死亡十八年后，他来到村里和他的妻子相认，他说出了他们过去放钱的地方，还让她想起许多她早已忘记的事情。他走进家门，指着一口锅说它曾经如何如何修补过，大家查看之后发现果然如他所言。那个女人痛哭失声，邻居们啧啧称奇，全国各地的人都来村里看他。报纸上刊登了这桩奇闻。人们问了他许多问题，他全部对答如流。

他知道前一世村里发生的所有事情,他所说的和人们的记忆完全吻合。但事情最后的结局却并不好。"

"怎么,出什么事了?"我问。

"噢,他的儿子们都已长大成人,早就把家里的土地和牛都分了。他们不愿意再把家产还回去。他们说他已经享用了一世,现在该轮到他们了。他说他要去打官司,那个当妈的说她会为他作证。您瞧,先生,她愿意有个年轻漂亮的丈夫,她的儿子们却不希望有个年轻漂亮的父亲。他们把他拉到一边,对他说如果他不离开,他们就把他活活打死。于是他拿上家里的钱和所有能带走的东西离开了。"

"他把他妻子也带走了吗?"

"没有,他没带她走。他没跟她说一声就一走了之了。她很难过。当然,这下她人财两空了。"

我们一直聊到抽完一支雪茄。久梭找来一些石蜡,我们将它涂在我的床脚,阻止蚂蚁靠近,我又回到床上睡下。可是佛殿的门口正朝着东方,黎明的曙光将我唤醒,我看到满天红紫的烂漫云霞。一个小沙弥端着一个大盘子走了进来,盘子上面放着四五块米糕。他蹲下身去,一个小小的黄色身影,有着大而乌黑的眼睛;他念了一段简短的祷文,然后将盘子留在了佛像前面。他刚离开,一条显然在旁边窥伺已久的流浪狗便迅速溜进来,叼起一块米糕跑了出去。清晨的阳光照在金色的佛像上,为它们镀上一层灿烂的光辉。

二十六

我在暹罗从容地一路南行。这里风物宜人,开阔而明媚,沿途散布着整洁的小村庄,每个村庄都有篱笆环绕,村里生长的果树和槟榔树带给它们一种小康生活的迷人气息。路上的交通颇为繁忙,但是与人烟稀少的掸邦不同,这里的交通工具不是骡马,而是牛车。地势平坦的地方种植着水稻,地势起伏的地方则生长着柚木。柚木是一种漂亮的树种,叶子大而光滑;它不会形成密林,阳光可以照进林中。骑行在疏阔、优美、清风徐来的柚木林中,你感觉自己就像古代传奇故事里的骑士。客栈全都干净整洁。在这段旅程中,我只遇到过一个白人,那是一个正在北上的法国人,我在驿站安顿下来之后,他也来到了这家驿站。驿站属于一家法国柚木公司,他是公司的员工,他似乎很自然地认为我这个外来客到了这里应当有宾至如归的感觉。他很热情;从事这一行业的法国人很少,这些人常年在丛林中监督本地劳工,他们的生活甚至比英国的护林员还要孤独,因此他很高兴可以有个人说说话。我们分享了晚餐。他体格健壮,有一张红扑扑的胖脸和一把好像柔软华贵的织物一般将他流畅的话语包裹起来的温暖的声音。他刚从曼谷休完短假回来,带着法国人天真的信念,就好像你对他有几个情妇比对他有几顶帽子更感兴趣似的,大谈他在那里的性经历。他是个粗俗的家伙,愚蠢且没有教养。他看到桌上放着一本破旧的平装书。

"嘿,这是你从哪儿弄来的?"

我告诉他,我是在驿站里发现这本书的,正在翻看。那是一本魏尔兰诗选,卷首插图是卡里埃①所作的模糊却不无趣味的作者像。

"我想知道什么人会把它丢在这里。"他说。

他拿起诗选,漫不经心地翻弄着书页,给我讲了许多关于这位不幸的诗人的下流故事。我对这些故事并不陌生。这时他看到一行熟悉的诗句,随口念道:

"这儿是花与果,这儿是枝和叶。

还有一颗只为你跳动的心。"②

读着读着,他的声音哽咽了,泪水涌入他的眼眶,滑落他的面颊。

"啊,该死的,"他喊道,"它让我哭得像头小牛。"

他扔下书,又哭又笑了一阵。我给他倒了一杯威士忌,因为没有什么比酒精更能平息或者至少使人能够忍受他此刻经受的那种特别的心痛。然后我们玩了会皮克牌③。他很早就睡了,因为第二天他还要赶一天的路,拂晓就要动身,我起床时他已经走了。我没有再见到他。

但是当我在阳光下骑行时,在如同纺车边闲聊的妇女一样活跃而忙碌的氛围中,我想到了他。我领悟到人比书有趣,但缺点是不能跳着读;为了发现精彩的一页,你至少要将整卷书浏览一遍。而且你不能把他们放在书架上,等到你想读的时候再拿下来;你必须在机会出现时立刻阅读,就像阅读流动图书馆的一本抢手的书,你必须排队等候,至多只能借阅二十四小时。也许你当时没有心情读他们,也许你在匆忙之中错过了他们所能给与你的唯一的精彩。

此时,眼前已是一望无际的平原。稻田不再是从丛林中辛苦夺

---

① 欧仁·卡里埃(1849—1906),法国画家,画作以阴暗和模糊难辨为特色。
② 这是魏尔兰《绿》开篇的两句,这里采用了飞白先生的译文。
③ 一种通常由两人用 32 张牌对玩的纸牌戏。

取的小块土地,而是成片的田地。日子一天天过去,单调之中仍有某种令人印象深刻的东西。在城市生活中,我们所感知的只是每一天的碎片;它们没有自己的意义,仅是我们处理这样或那样事务的一个个时段;我们的一天在它们开始许久之后方才开启,在它们结束之后仍然继续。而在这里,每一天都是完整的,你看着它们从黎明到黄昏庄严地展开;每一天都像一朵花,一朵玫瑰,含苞,绽放,然后顺应自然毫无遗憾地凋谢。这片沐浴在阳光下的广袤平原正是上演这一周而复始的戏剧的合适舞台。天上的星星就像徘徊在刚刚发生战斗或地震等重大事件的现场的好奇看客,先是一个一个怯生生地凑过来,然后成群结队出现,目瞪口呆地驻足观望或四处寻找事件发生所留下的痕迹。

道路变得笔直而平坦。虽然到处都是深深的车辙,而且溪流穿过的地方泥泞不堪,但已经有大段的路可以走汽车了。在山路上,骑着小马以每天十二到十五英里的速度前进固然很好,可是到了平坦的大路,这种旅行方式就会极大地考验你的耐心。我在路上已经走了六个星期。旅程似乎看不到尽头。然后我忽然发现自己已经身处热带。我想,随着平淡的旅程一天天过去,沿途的景致也在逐渐发生变化,但这种变化是如此缓慢,以至于我几乎没有察觉;一天中午,当我骑马进入一个村庄时,严酷、躁动、火热的南国气息就像一个不期而遇的朋友向我迎面而来,我欣喜地深吸了一口气。浓郁的色彩,扑面的热风,耀眼却似乎笼着一层轻纱的阳光,人们独特的步态,慵懒而夸张的手势,宁静,庄严,尘土飞扬——这是真正的南方,我疲惫的精神振奋起来。村里的街道两旁生长着罗望子树,它们就像托马斯·布朗①爵士笔下的句子,堂皇、庄严、从容不迫。院

---

① 托马斯·布朗(1605—1682),英国医师,作家,著有《一个医生的宗教信仰》等。

子里种着芭蕉,雍容,残败,变叶木炫耀着它们阴沉而丰富的色彩。椰子树顶着蓬乱的树冠,就像刚从睡梦中惊醒的瘦高的老者。寺院里有一丛槟榔树,挺拔纤细,瘦削严谨,像一丛格言一般直白、精确而不加掩饰。这就是南国。

我们现在必须尽可能早地结束一天的行程,东方的天空刚泛起第一抹微光,我们就出发了。太阳升起来,晒在背上暖洋洋的,但不一会儿,阳光就变得猛烈起来,到了十点钟,已经把人炙烤得难以忍受了。我感觉自己好像自从时间伊始就一直骑行在这条宽阔的白色道路上,而它仍然在我前面无尽地伸展。我们来到一个漂亮的村庄,镇上的官员——一个整洁体面的暹罗人,面带微笑彬彬有礼地邀请我住在他自家的大房子里;他带我走进院子,我看到在棕榈树的绿荫下,身披斑驳的阳光,一辆结实可靠、不事张扬的红色福特车正在等着我。我的跋涉结束了,没有号角齐鸣,而是像戏剧的反高潮一样平静地结束了;第二天早上,在微寒的黎明,我把骡马交给久梭,出发了。碎石路正在修筑中,遇到无法通行的地方,福特车便改走土路;我们不时涉过浅溪。我被颠得左摇右晃;但它依然是条路,一条汽车路,我以每小时八英里的令人眩晕的速度向前飞驰。这是有史以来第一辆从这条路上经过的汽车,田里的农民惊奇地看着我们。我不知道他们当中是否有人想过,他们看到的是一种新生活的象征。它标志着他们自古以来的生活方式的终结,预示着他们的风俗习惯的剧变。这是一场呼哧呼哧喘着粗气降临到他们身上的变革,虽然有一只略微瘪掉的轮胎,却吹响了挑战的号角——变革。

在太阳落山之前,我们到达了铁路起点。车站里有一个新建的色彩明快的客栈,几乎称得上是一座旅馆。房间里有浴室,有一个可以躺进去的浴缸,阳台上有几把可以懒洋洋地躺在上面的长椅。这是文明的享受。

二十七

从这里坐火车，不出两天就可以到达曼谷，不过在出发之前，我想先去华富里①和大城府②看看，它们都曾是暹罗的首都。在这些东方国度，城市兴建、繁盛和毁灭的方式令许多世纪以来已经习惯了相对稳定的西方游客充满疑惑。一位国王迫于战争的威胁，或者仅仅为了满足一时的冲动，迁都建立一座新的城市，兴建宫殿和庙宇，并将它们装饰得富丽堂皇；而几代之后，由于同样的威胁或冲动，统治中心又会迁往其他地方，曾经辉煌一时的城市从此被遗弃，沦为废墟。在远离人烟的丛林之中，不时可以见到被树木盘踞着的倾圮的寺庙，而那些散落在潮湿绿林中的破碎的神像和精美的浅浮雕是这里曾经矗立过一座繁华城市的唯一标志，偶尔还会见到一些贫穷的村庄，它们是一个富庶强盛王国的国都留在世间的全部痕迹，阴郁地提醒着人们世事的无常。

如今的华富里只是一条依河而建的蜿蜒的小街，街上都是中国房子；但它的周围随处可见一座大城市的遗迹，残破的寺庙和倾颓的宝塔残留着许多华美雕刻的片断，寺庙里的佛像残缺不全，头、臂和腿的碎片散落在院中。墙皮是灰色的，仿佛遭受过伦敦雾气的污染，它们从砖上片片剥落，使人联想到那些患有恶疾的老人。这些遗迹没有优美的线条，门窗上的装饰被岁月夺去了金光闪闪的外表，显得丑陋和俗气。

不过我来华富里的主要目的是想看看康斯坦丁·华尔康③的豪华宅邸如今的模样。我认为他是来东方建功立业的冒险家中最令人惊叹的一个。他是凯法利尼亚岛④一个旅店老板的儿子，离家出走到一艘英国船上当了水手,历尽艰险到达暹罗,成为国王的首席大臣。在他那个时代,世间盛传他有无限的权力、无尽的荣耀和巨大的财富。耶稣会的奥尔良神父写的一本小册子里有一段关于他的描述,不过那本书旨在教化世人,因此花了过多的笔墨在康斯坦丁的遗孀为了在暹罗王子的猛攻下守住贞操而经历的磨难上。在她值得褒扬的努力中,她得到了虔诚的祖母的支持,八十八岁高龄的祖母对信仰的热忱和活力丝毫不减,不断和她谈起著名的日本殉教者的事迹,而她有幸身为他们的后代。我的孩子,她对她说,作一个殉教者是多么光荣!你在这方面有一个优势,殉教似乎是你家族的传家之宝:既然你有这么多理由期待它,就该为配得上它而不辞辛苦!

可喜的是,在这些忠言的激励下,在耶稣会神父不断告诫的鞭策中,那位寡妇抵御住了所有诱惑,没有成为王子后宫里珠光宝气的囚徒,而是在一个无权无势的绅士家里做洗碗工,度过了她贞洁的一生。

你也许希望奥尔良神父在讲述男主人公的职业生涯时能更为详尽一些。他从身份低微到位极人臣的过程中所经历的沉浮荣辱无疑值得被记录下来以免于湮没。他将他描绘成虔诚的天主教徒和忠于国王利益的正直大臣;但是对于那场推翻了国王和王朝,并使这位希腊人落入愤怒的暹罗爱国者手中的政变,他的描述似乎对事实做了某些必要的调整,以使伟大的国王和许多身居高位者免受指责。为了保全他的体面,书中对这位失势的宠臣死前遭受的痛苦

---

① 泰国中部城市,曾为大城王朝陪都。
② 泰国南部城市,又称阿育他亚、阿瑜陀耶,在华富里以南,曼谷以北,曾为大城王朝首都。
③ 康斯坦丁·华尔康(1647—1688),希腊冒险家,法国在暹罗利益的代言人,死于兵变。
④ 希腊西面爱奥尼亚海上最大的一个岛屿。

避而不谈,但他死于行刑者之手本身就极富教育意义。从这本书枯燥无味的字里行间,你依然能感受到这个人物的力量和才华。康斯坦丁·华尔康不择手段,残忍,贪婪,背信弃义,野心勃勃,但他是伟大的。他的故事读起来就像普卢塔克笔下的一篇传记。

至于他建造的那座宏伟的宅邸,除了外面那道高大的砖墙、三四栋没有屋顶的建筑、摇摇欲坠的墙壁和门窗的形状之外,什么也没有留下。它们仍依稀具有路易十四时期建筑的庄严风格。这是一处难看的废墟,只会让人联想起一片毁于大火的偷工减料的别墅。

我回到河边。河身狭窄浑浊,深嵌在高耸的河岸之间,对岸是几丛茂密的竹林,竹林后面红日正要西沉。人们正在洗晚澡,父母在给孩子洗澡,僧人们洗完澡,正在冲洗黄色的僧袍。这是一幕令人愉快的景象,而拜那些断壁残垣激起的感伤情绪所赐,我的感觉有点复杂。

我没有为枯骨披上生命的外衣的想象力,也没有为同一事物再三感动的能力。我知道有人每年都要读一遍《利己主义者》①,还有人每次去巴黎都要欣赏马奈的《奥林匹亚》。当我从一件艺术作品中获得了它能带给我的独特的快感之后,我就不再理会它了,直到几年之后,当我已经不再是原来的我,我才能从《利己主义者》中读到一本我此前从未读过的书,或是从马奈的《奥林匹亚》中看到一幅刚刚挂在卢浮宫的画。我认为大城府不会为我提供比华富里更多的见闻,于是便决定不去那里了。而且,我喜欢安逸。我在一个个驿站间已经奔波得够久,渴望在东方的旅馆里得到一点适度的享受。我对罐头香肠和梨罐头已经有些吃厌了。自从离开东枝,我既

---

① 英国小说家乔治·梅瑞狄斯(1828—1909)创作的长篇小说。

没有收到过一封信也没有读过一份报纸,我愉快地想象着,一定有一大包邮件正在曼谷等着我。

我决定直接去曼谷,路上不再停留。火车从容地行驶在广阔的原野上,远处是犬牙交错的蓝色山丘。铁路两边是一望无际的稻田,不过还有很多树,因此沿途的风景并不枯燥。那些水稻处于生长的各个阶段,有的还是种在小田里的绿色秧苗,有的已经在阳光下逐渐变黄,即将结出成熟的稻粒。不时有农民在田里收割水稻,间或可以看见一连三四个农民背着大捆的稻子从田间走过。我想,在人类的主食当中,没有哪一种像水稻这样,从种植到加工食用需要付出如此多的劳动。在铁道旁的小河里,三五成群的水牛在悠闲地打滚,看牛的有牧童,也有古铜色皮肤、头戴斗笠的小个子男人。成群的禾雀在田间飞过,闪过一道道白色的亮光,有时稻田里还会飞出一群伸长了脖子的灰鹤。路边的车站上总是聚集着一群游手好闲的人,穿着鲜艳的亮黄、紫红和翠绿的帕农,在尘土和阳光的衬托下,显得尤为亮眼。

火车到了大城府。我觉得看一眼火车站就足以满足我对这座古城的好奇心了(毕竟,如果科学家能够凭一根股骨复原出一头史前动物,为什么作家就不能从一座火车站获得他想要的全部情感呢?宾夕法尼亚车站装着纽约的全部秘密,而维多利亚车站也有伦敦的阴沉、乏味和空旷),我把头探出车窗,漫不经心地看着外面。这时忽然有一个年轻人跳到门口,猛地把门打开,害得我险些栽到站台上。他戴一顶小圆遮阳盔,穿一件白色粗斜纹布上衣和一条黑色丝绸帕农挽成的马裤,脚下是黑色丝绸长袜和漆皮浅口鞋。他的英语说得很流利。他是派来接我的,他说,他会带我看遍大城府的风光;码头上有一艘游艇,可以带我去河上游览,他已经叫好了马车,客栈也一早就打扫干净了,他最后说:

"全都安排好了。"

他朝我笑笑,露出大而白亮的牙齿。他那年轻的黄色面庞像崭新的盘子一样光滑,高高的颧骨,眼睛又黑又亮。我不忍心告诉他,我不会在大城府逗留,他也没有给我时间拒绝,径自叫来行李员,让他们把我的行李从车上搬下来。

他认真履行他的职责,对我毫不迁就。从车站出来,我们走上一条罗望子树遮阴的大街,街道两边都是中国商店,此时光线正好,街上的人们构成一幅幅迷人的图画,我想在这里多待一会,但我的向导说,这里没有什么可看的,想逛商店去曼谷,那里有你在欧洲能买到的一切,随后便温和而坚定地带我去了码头。我们登上游艇。河很宽,河水是黄的。沿河都是船屋,里面开着商店,泥泞的河岸上,高脚屋掩映在果树丛中。我的向导把我带到岸上一处带围墙的院子,那里曾是一座王宫,在或许曾是觐见大厅、如今已是一片废墟的地方,有一张御榻、一把御椅和一些木雕残片。他带我看了数不清的青铜和石雕佛头,有的是从华富里运来的,有的是从大城府为数众多的寺庙中发掘出来的。我们沿着一条马路没走多远,就有一辆小马车和一匹倔强的小马等在那里了。安排得多么细致!我们沿着一条荫凉宜人的道路行驶了两三英里,路的两边都是农民的高脚屋,每户门外都有一个纸做的小宝塔,上面插满了白色小旗,保护房子里的人免受霍乱的侵袭。我们来到一个很大的公园,园中有很多空地,绿草如茵,是个野餐的好去处;这里是一座宫殿和几座宏大寺庙的遗迹,有许多残破的宝塔,在其中一座寺庙里,有一尊无人问津、孤单寂寞却无动于衷的巨大的青铜佛坐像。随处可见儿童在树下嬉戏。那些暹罗男孩有着大大的眼睛、拳曲的头发和调皮的表情,样子很是漂亮。我的向导指给我看路边一丛开着淡紫色花朵的灌木。他告诉我,看到它就可以确定附近没有老虎。

"你们英国没有老虎。"他笑了,我觉得他笑得不无得意。

我谦虚地表达了不以为然之意。

"是的,我们在那座小岛上过着安全而平静的生活。我们所面临的最大危险不过是醉酒司机的鲁莽驾驶和女人在受到嘲笑时爆发的怒火。"

回到河边,我向这位暹罗年轻人表达了衷心的感谢,感谢他带我参观了那么有趣的地方,并说我现在要去客栈了,听见这话,他瞪大了那双炯炯有神的大眼睛,尖声说道,他要带我看的地方我连一半都没看完呢。我顽皮地看着他,小声嘀咕道"知足常乐"。他哈哈大笑,显然认为这是我刚刚发明的警句,但他立刻指出,"足"只是个相对概念,由此将我驳得哑口无言。我随着他去了另一座破败的寺庙,在一片狼藉荒凉之中,我不耐烦地瞥了一眼另一尊巨大的佛像。然后是下一座再下一座。最后我们来到一处仍然香火鼎盛的寺庙。我如释重负地松了口气,这就像是走出一间没有家具、死气沉沉空空荡荡的出租房,来到热闹的大街上一样。浮码头上,驾着舢板的妇女在出售金叶、纸张和棒香。通往寺庙的小路两旁有许多小桌子,桌上摆放着同样的商品,还有糖果和糕饼,小贩们生意兴隆。佛殿不是很大,一尊巨大的佛像几乎占据了所有空间,走上台阶往门里看时(你的眼睛已被阳光晃得昏花),隐约看到巨大的镀金佛像从黑暗中隐现,令人心生敬畏。在他前面是两位弟子的塑像,供桌上满是点燃的棒香。角落里有一张柚木大床,床上坐着两个僧人,吸着粗大的暹罗烟,喝茶嚼槟榔;他们似乎没有注意在场的人;一些男人、女人和孩子为了积功德,正在往佛像落坐的巨大的莲花宝座上贴金叶。一个瘦削而模样精明的中年妇女跪在地上,一边祷告一边用大木豆算命,她把木豆掷在地上,通过它们落地的一面是平是凹得出她的问题的答案。一个老人带着六七个家人一起前来,中年妇女刚把木豆放下,他就拿了过来,完成例行的仪式后,他将它们掷在地上,一家人焦急地看着。问卜完毕,他点上一支香烟,其他人从地上站起来,但结果究竟是吉是凶,从他们漠无表情的脸上完全无法判断。

我的向导终于带我去了客栈,为了迎接我到来,这里已经提前打扫过了。这是一个船屋,有一个面朝河流的狭窄的游廊,一间用深色木料建造的狭长的起居室,两边各有一间卧室和浴室。我很喜欢它的外观。年轻的暹罗人邀请我晚饭后去他家做客,说他会叫上朋友一起,但我告诉他我累了,于是他在向我表达了许多祝福之后离去了。天色渐渐暗了下来,终于可以独处的我坐在游廊上观看河上往来的船只。驾着舢板的小贩悠闲地划着桨,船上放着坛坛罐罐,出售蔬菜或者小火炉上烹煮的食物。农民满载着一船稻米从我身边经过,头发花白满脸皱纹的老妇漫不经心地划着独木舟,就像走在街上一样从容自若。客栈位于一个河湾里,停靠的河岸是一处急弯;岸上长满了芒果、棕榈和槟榔。夕阳西下,红色的天空映出它们的轮廓:顶着蓬乱树冠的槟榔树就像一把用旧的鸡毛掸子,而到了晚上,在蓝宝石般的夜空的映衬下,它就像波斯细密画一样精致优美。伴随着最后一缕阳光,一群白鹭就像偶然从脑海中无端掠过的散乱的思绪,纷乱地飞过宁静的河面。夜幕降临,宽阔的河对岸的船屋起初灯火通明,之后灯光一盏盏熄灭,只剩下零星的几点红光倒映在水面上。星星一颗接一颗出现,静静地在夜空中闪耀。河上不再有船只往来穿梭,只能偶尔听到晚归的小船安静地经过时发出的轻柔的桨声。半夜醒来,我感到船屋在轻轻摇荡,耳边听到汩汩的水声,就像正在穿越时间而非空间的东方音乐的幽灵。为了这份极致的安宁和深沉的寂静,忍受之前所有的观光都是值得的。

二十八

几小时后,我到达了曼谷。

想到东方这些人口众多的现代城市,不能不让人感到某种隐隐的不安。它们看上去全都一样,笔直的街道,连绵的拱廊,电车,尘土,刺眼的阳光,遍地的中国人,拥挤的交通以及无休无止的喧嚣。它们没有历史,没有传统。画家没有画过它们。善于用神圣的乡愁赋予没有生命的砖屋瓦舍以诗意的诗人也没有为它们笼上忧郁的色彩。如同一个没有想象力的人,它们过着自己的生活,没有任何联想。它们坚硬而闪亮,像音乐喜剧中的背景一样不真实。它们让你一无所获。然而在离开的时候,你会感觉自己好像错过了什么,你会忍不住认为它们对你隐藏了一些秘密。尽管你感到有些厌倦,但是在回望它们时却仍有一分留恋;你相信它们终归能给你一些什么,如果逗留得更久或者换一种状态,你是有可能接收到的——因为没有人能将礼物送到不能伸出手来接受它们的人手上。可是如果你回去,这个秘密仍然难觅影踪,于是你问自己,归根结底,它们唯一的秘密是否就是笼罩其上的东方的魅力。因为它们叫做仰光、曼谷或西贡,因为它们位于伊洛瓦底江、湄南河或湄公河这些浑浊的大河之畔,它们就被赋予了古老而传奇的东方使富于想象的西方深深着迷的那种神奇的魅力。一百个旅行者前来寻找一个他们无以言说却令他们苦恼不已的问题的答案,却只能失望而归,一百个后来者仍将继续来此追寻答案。谁能确切地描绘出一座城市的面貌?对于生活在其中的每个人来说,它都是一个不同的地方。没有人说得清它到底是什么,也没有人在乎。对我而言,唯一重要的是它对我意味着什么；当放债人说，你可以拥有罗马时，他说了关于这座永恒之城他所能说的一切。曼谷。我把我的印象全都摆在这里，就像园丁将他剪下来的各色鲜花堆在一起，留待你自己来整理；我问自己，我可以用它们组成什么样的图案。因为我的印象就像一条长长的饰带，一张模糊的挂毯，我的任务就是从中找出一幅优美动人的图案。但交给我的材料只有尘土、炎热、喧嚣、炽白和更多的尘土。新马路是城市的主干道，全长五英里，两旁是低矮肮脏的房屋和商店，商店里出售的大多是欧洲和日本货，看上去已经在店里放了很久，落满了灰尘。一辆挤满乘客的有轨电车慢悠悠地驶过整条街道，售票员的喇叭响个不停。马车和人力车摇着铃铛往来穿梭，汽车鸣笛声此起彼伏。人行道上非常拥挤，人们脚下的木屐敲击路面的声音不绝于耳。橐橐——橐，这种声音就像丛林中的蝉鸣一样持续而单调。这里有暹罗人。他们留着粗硬的短发，身穿帕农——一种用宽大的布料折成的宽松舒适的灯笼裤；暹罗人容貌不佳，但岁月对他们颇为优待；他们年老之后不会发胖，而是变得清瘦乃至瘦削，也不会谢顶，而是变得头发花白，在他们饱经风霜布满皱纹的黄色的脸上，一双乌黑的眼睛依然炯炯有神；他们走起路来矫健挺拔，不像大多数欧洲人那样膝盖用力，而是从髋部发力。这里有不计其数的中国人，他们穿着白色、蓝色或黑色长裤，裤脚刚刚长及脚踝。这里有阿拉伯人，他们身材高大，胡须浓密，头戴白帽，有着鹰隼一般的神态；他们的步伐沉着从容，从他们自信的眼中可以看出对受他们剥削的种族的蔑视和对自身精明的自豪。这里有缠着头巾的印度人，皮肤黝黑，有着雅利安血统端正敏感的五官；在印度之外的所有东方国度，他们似乎都在刻意保持疏离，走在人群中如同走在僻静的丛林小道上一般；他们的脸是所有难以捉摸的脸中最难以捉摸的。烈日当空，马路是白色的，房屋是白色的，天空是白色的,除了尘与热,再没有其他的颜色。

然而当你离开大路后,你会发现自己来到了一个由昏暗、阴凉、肮脏的小街和铺着鹅卵石的曲折的小巷组成的网络中。在无数间挂着鲜艳的招牌、朝向街道开放的店铺里,勤劳的中国人经营着东方城市的各种买卖。这里有药铺、棺材铺、钱庄和茶馆。街道上不时响起中国人沙哑的吆喝声,苦力们担着货物迅速走过,沿街叫卖的小贩挑着全套炊具,让忙得无暇在家吃饭的人也能吃上热腾腾的饭菜。你仿佛身在广州。中国人在这里兀自过着自己的生活,对暹罗统治者试图将这座单调混乱的异乡城市建造成一座西式首都的努力漠不关心。这种努力从那些时而沿着运河修建,用来将这些肮脏的街区围起来的宽阔大道和尘土飞扬的笔直马路中可见一斑。那些道路漂亮、宽敞、气派,绿树成荫,是一位雄心勃勃的国王所设计的宏伟都城的精致装饰品;但它们并不真实。它们有一种舞台感,令人感觉它们更适合宫廷庆典而不是日常使用。道路上没有行人。它们仿佛在等待典礼和游行。它们就像一个倒台的君主庭园中被荒弃的林荫道。

二十九

据说曼谷有三百九十座寺庙。一座寺庙就是一组用围墙围住的佛教建筑,为了美观,寺庙的围墙上常常像城墙一样筑有雉堞。每座建筑都有各自的用途。为首的一座称为正殿,高大宽敞,通常有一个正厅和两道侧廊,镀金的佛坛上塑有佛陀的立像。还有一座与正殿非常相似的建筑,叫做精舍(毗诃罗),供普通民众在节日、庆典和集会时使用,它与正殿的不同之处在于它没有用神圣的石头围起来。正殿以及有些精舍的四周有回廊环绕。此外,寺庙里还有客舍、藏经阁、钟楼和僧房。在主要建筑周围依次建有大小宝塔(它们分别称为巴朗塔①和斋滴塔②);有些塔内安放着王室成员或虔诚信徒(或者虔诚的王室成员)的骨灰,有些仅作装饰之用,为修建者积功德。

我并不期望通过列举上述事实(我在一本介绍暹罗建筑的书里看来的)传达出当我看到这些不可思议的建筑时向我袭来的惊讶,乃至震惊的感觉。它们与世间的一切都不相同,你会大吃一惊,无法将它们与你知道的任何东西归为一类。想到在这个沉闷的世界上竟有如此奇妙的事物存在,你会发出愉悦的笑声。它们华美绚丽;它们金光闪闪,粉白雪亮,却并不艳俗;在明朗的天空下,在耀眼的阳光中,它们傲然挺立,以人类的聪明才智和天马行空向自然界的灿烂光辉发起挑战并做出补充。那些将它们从古代高棉建筑中逐步发展而来的能工巧匠拥有将他们的想象发挥到极致的勇气;我猜艺术对他们并不重要,他们渴望表达的是一个符号;他们不懂得节制,他们对品位毫不在意;如果他们成就了艺术,那也是无心之得,就像人们一心一意做好每天的工作,虽然并不刻意追求,却能获得幸福一样。很难说他们是否真的成就了艺术,很难说这些暹罗寺庙具有人们所说的含蓄、超然和优雅的美;我只知道它们奇特、华丽而古怪,它们的线条就像学童的几何书里那些几何命题的线条一样鲜明,它们的颜色就像露天市场里蔬果摊上蔬菜的颜色一样鲜艳醒目;就像一个有七条大道交汇的地方,它们敞开道路,供人们的想象展开一场场漫不经心的意外之旅。

皇家寺庙不是一座寺庙,而是一座寺庙之城,一个由众多殿宇和宝塔组成的斑斓而凌乱的建筑群,有的建筑已成废墟,有的外观还是崭新的;有的建筑虽年久失修却色彩绚丽,看上去就像阿拉伯精灵菜园里巨大的蔬菜;有的建筑由花砖建成,上面镶嵌着奇异的砖花,其中有三个很大的,还有许多小的,一行行地排开,就像神明的国度里乡村集市射击游戏的奖品。这就像《尤弗伊斯》③中的一页,那种浮夸的,发明了如此多的响亮、荒诞而夸张的冗长词语的想象力令人乐不可支。这是一座令人迷路的迷宫。一眼望去,屋顶鳞次栉比,这些屋顶是暹罗建筑的精华所在;它们分为三层,上面的一层坡度很陡,下面的两层坡度逐渐收缓。屋顶用琉璃瓦覆盖,红、黄、绿三色赏心悦目。三角墙的边缘以蛇神那迦④作为装饰,它的头位于屋檐底部,波浪形的身体沿着屋顶的斜面攀援而上,尾部在屋脊顶端挑出一个上翘的尖角;三角墙的墙面以骑象的因陀罗⑤或骑揭路荼⑥的毗湿奴的木刻浮雕装饰;因为佛教寺庙并不介意向其

---

① 高棉风格的四棱佛塔。
② 圆形佛塔,舍利塔。
③ 英国作家约翰·黎里(John Lyly, 1554—1606)的散文传奇作品。尤弗伊斯体是一种夸饰绮丽的文体。
④ 印度神话中象征和平和富饶的蛇神。
⑤ 印度最古老的宗教文献《吠陀》中的主神,司雷雨。
⑥ 印度神话中鹰头人身的金翅鸟。

他宗教的神明提供庇护。楣梁和门框上的镀金和玻璃马赛克装饰，以及门和百叶窗上的黑漆和金漆装饰，全都富丽得令人难以置信。

这里规模宏大，建筑密集，令人眼花缭乱，屏息惊叹，同时又空空荡荡，死气沉沉；漫步其间，你有些提不起兴致，因为归根结底，它对你没有意义，你会不由自主发出"嘛"的惊叹，但不会动情地发出"啊"的感慨；它毫无意义；它是纵横填字游戏中生僻字、古体字和冗长的多音节字错综复杂的排列组合。当你信步走近一道高大的护墙向内张望，看到一个假山庭园时，你如释重负地走了进去。园中央是一小片人工湖，水面上架着几道乡村风格的小桥；假山园看起来就像中国画里一位古代圣贤隐居的多石的荒原，湖边的假山石上有石雕的猴子、老虎和小人儿，旁边栽有一株木兰、一株中国柳和几丛叶片肥大闪亮的灌木。这是一处绝佳的静修之所，非常适合东方的国王在此安静地思考世事的纷繁无常。

不过还有一座寺庙——苏泰寺，并不给人以芜杂之感。它干净整洁，空旷宁静，这种空旷和宁静增添了它的魅力。在回廊上，一尊挨着一尊，排满了镀金的佛坐像，夜幕降临后，待到不再有人前来打扰他们的冥想时，他们的神秘中隐隐透出一丝令人不安的气息。院子里到处生长着灌木和粗矮多节的树木。寺里有许多秃鼻乌鸦，飞行时发出呱呱的叫声。正殿高踞于双层平台之上，粉白的外墙历经日晒雨淋，已经变作斑驳的象牙色。方角上刻有凹槽的四方形柱子微微向内倾斜，柱头上的花朵像魔法花园里的花朵一样向上生长。它们给人的印象好像用金、银和绿宝石、红宝石、锆石等宝石制作的精美的掐丝工艺品。三角墙上的雕刻繁复精致，像岩洞中的掌叶铁线蕨一样纷披低垂，攀援而上的蛇身好像中国画里的海浪。正殿两端各有三个高大的入口，木制的大门雕满花纹，镀着暗哑的金漆；窗户很高，相互离得很近，百叶窗上的镀金已经褪色，微微闪着亮光。

晚上,天空由蓝变粉,飞檐上翘、高而陡的屋顶闪耀着蛋白石般的七彩光芒,让人不再相信它出自人类工匠之手,因为它仿佛由一闪而过的想象和回忆以及难以实现的热望构成。静谧和孤寂似乎即将幻化成形,出现在你眼前。此时的苏泰寺峻拔挺秀,优雅异常。然而可惜的是,它的精神意义被你忽略了。

三十

在我看来,论精神意义,这些寺庙反而不如我在来这里的路上经过的那些小而简陋的寺院。它们的木头墙壁、茅草屋顶和小而俗气的佛像虽然朴实,却不失严肃,似乎非常符合乔达摩所宣扬的那种朴实而严肃的宗教。在我想来,那是属于乡村而非城市的宗教,佛祖在其下悟道的那株野生无花果树的绿荫始终不离它的左右。传说他是一位王子,因此在他弃绝尘世时,似乎放弃了巨大的权力、财富和荣耀;然而事实上,他只是一个乡绅家庭的子弟,当他出家时,我认为他所放弃的不过是一些水牛和几块稻田。他的生活同我在掸邦路过的任何一个村庄的头人一样简单。他生活在一个热衷于研究形而上学的世界,但他对形而上学并无好感,当狡黠的印度教贤哲强迫他进行辩论时,他会变得有些不耐烦。他对于思索宇宙的起源、意义和目的毫无兴趣。"可以肯定,"他说,"宇宙及其起源和灭亡都存在于这个有意识有智慧的六尺凡躯之内。"他的追随者被迫与婆罗门学者展开形而上学的辩论以捍卫自己的立场,随着时间的推移,他们将自己的信仰阐发为一套精妙的、充满智慧的理论,而乔达摩,同所有的宗教创始人一样,其实只有一句话要说:所有疲惫和苦恼的人们,到我这来,我会给你们平静。

世人所知的大多数神明都曾多少有些狂躁地宣称人们应当相信他们,同时用可怕的惩罚威胁那些不信的人(无论他们多么愿意相信)。如此言语激烈地指责那些没有接受他们给予的美妙礼物的人,未免有些可悲。他们似乎从心底里相信,正是众人的信仰赋予了他们神性(仿佛他们的神性建立在一个并不牢固的基础上,每一个信徒都是支撑它的一块基石),而他们热切渴望传递的那些讯息只有在他们成为神之后才能发挥效力。只有在人们相信他们之后,他们才能成为神。但乔达摩却只是像医生那样表示,你可以让他试试,然后根据结果做出判断。他更像是一个以创造艺术为己任的精益求精的艺术家,并且由于不相信灵魂的存在,他对他的礼物做出了必要的改造。因为众所周知,佛教最重要的一条教义就是不存在诸如灵魂或者自我之类的东西。每个人都是物质和精神特质的一种聚合,有聚合就有离散,有离散就有消亡。有生就有灭①。这种思想就像晴朗清新的冬日早晨走在英格兰南部富有弹性的丘陵草地上一样令人兴奋。因果报应论(我大胆提醒读者)认为,一个人在今生的所作所为决定了他在来世的命运。死后,在生命欲望的作用下,曾经短暂聚合为人的那些特质重新聚合,形成另一个短暂的组合。他只是因与果的长链上当下和暂时的一环。因果报应的法则规定,每一个行为必有其后果。这是对世间的恶所做的解释中唯一一个不令人感到愤慨的。

  我在上文中曾经告诉亲爱的读者,我有在早晨起床后阅读几页形而上学著作的习惯。这种习惯之于心灵就好比晨起沐浴之于身体一样有益。尽管我不具备那种对抽象概念应付裕如的智力,常常无法完全理解我读到的东西(这并不太令我苦恼,因为我发现即便是职业的逻辑学家也常常抱怨他们无法相互理解),我还是会继续读下去,时而遇到一个对我有特殊意义的段落。我的阅读之路不时被一句巧妙的话语照亮,因为过去的哲学家常常写得非同一般地好,并且由于长远而言,哲学家记述的都是他自己,伴随着他的偏见,他的个人愿望以及他的习性癖好,而且他们多是一些个性强烈

---

① 这一段话即佛家所说"缘聚而生,缘散而灭"。

的人，因此我经常得到结识一位妙人的乐趣。就这样断断续续地，我阅读了世界上大多数哲学大家的作品，试图从中学到一点什么，或者在那些必定使每一个在迷宫般的人生丛林中踟蹰前行的人感到困惑的问题上得到一些启示；我最感兴趣的莫过于他们看待"恶"这个问题的方式。我不能说我得到了很大的启发。他们中最好的也不过是声称，从长远来看，你会发现坏事也是好事，那些遭受苦难的人应该心平气和地接受自己的遭遇。困惑之中，我读了神学家们对这个问题的看法。毕竟罪恶是他们的专业范畴，他们所要回答的问题很简单：如果上帝至善并且全能，为什么会允许恶的存在？他们对此众说纷纭，于情于理都不能使人满意，至于我嘛——谈到这种事我总是很虚心，因为我对它们一无所知，而且虽然普通人一定会提出问题，答案却只有专家才能了解——我不能接受那些回答。

碰巧的是，我带在路上读的书里刚好有一本布拉德利①的《表象与实在》。这本书我从前读过，但感觉有些难懂，于是打算重读一遍，不过由于它部头较大不便携带，因此我拆掉封皮，将它分成几份，方便我在晨读告一段落，骑上我的小马从驿站出发时将它揣进口袋。这是本有趣的读物，虽然不很令人信服，却语多讥诮，作者拥有令人愉快的讽刺天赋。他从不浮夸卖弄。他以轻松的笔调探讨抽象概念。然而它就像展览会上那些立体主义的房屋，虽然非常明亮、整洁、通风，线条却过于生硬，陈设也过于简素，使人无法想象在这样的房间里手拿一本轻松读物惬意地躺在安乐椅上伸脚烤火的画面。可是当我读到他对"恶"这一问题的论述时，我感觉自己就像教皇看到年轻女子匀称的小腿那样震惊。"绝对"是完美的，他

---

① 弗朗西斯·赫伯特·布拉德利（1846—1924），英国唯心主义哲学家。

写道,恶只是一种表象,只会促进整体的完美。错误有助于提升生命的活力。恶为一个更高的目的服务,因而从这个意义上说,恶无意中又成为了善。每一次冲突都使绝对变得更加丰富。不知为什么,我回想起战争初期的一幕①。那是在十月间,人们的感觉尚未变得麻木。一个寒冷潮湿的夜晚。刚刚发生过一场亲历者认为是战役,实际上却微不足道得甚至无一字见报的武装冲突,大约有一千人在冲突中死伤。伤员们躺在乡村教堂地板上铺着的稻草上,唯一的光亮来自圣坛上的蜡烛。德国人正在向前推进,必须尽快将他们转移。整个晚上,救护车黑着灯不停往返,伤员们大声呼救,要求把他们带走,有的在被抬上担架的时候就死了,随即被扔到门外的死人堆上,他们满身泥土和血污,教堂里弥漫着血腥味和人性的恶臭。有一个男孩伤势过重,已经没有转移的必要,当他躺在那里看着两边的人一个个被担架抬走时,他用尽力气尖叫道:我不想死,我还太年轻,我不想死。② 他就这样一直尖叫着他不想死,直到咽气。这当然不是什么论证。这只是战争中一个微不足道的插曲,唯一的意义不过是我亲眼目睹了此事,并且在后来的许多天里,那绝望的哀号始终在我耳边回响;但一个比我伟大的人,一个哲学家③,同时也是数学家,曾经说过,心灵有其道理,那是理智所不了解的;对我而言(如我这般为诸行无常所困,采用佛教的说法),这一幕就足以反驳那位形而上学家的精妙理论了。我的心灵可以接受降临在我身上的不幸,如果它们是我过去的行为的后果(这个我不是灵魂意义上的我,因为灵魂会消亡,而是我在另一种存在状态下的行为的结果),至于我在身边见到的不幸——年轻人的死亡,(最痛苦

---

① 毛姆在一战中曾作为英国红十字组织成员赴比利时前线参与救治伤员。
② 原文为法语。
③ 指法国哲学家帕斯卡,语出《思想录》。

的莫过于)在剧痛中将他们带到世上的母亲的悲伤,贫穷、疾病和破灭的希望——如果这些都只是遭受不幸的人曾经犯下的罪行的后果,是他们恶有恶报,那么我也只好无奈地接受。这是一种令心灵和理智都不被触怒的解释;从中我只能找到一个缺点:它令人无法相信。

三十一

旅馆面朝河流。我的房间很黑,是一长排房间中的一间,两边各有一个阳台;虽有微风穿堂而过,却仍闷得透不过气来。餐厅大而昏暗,为了凉爽起见,窗户上装了百叶窗。服侍客人的是沉默的中国侍者。不知什么缘故,淡而无味的东方食物令我作呕。曼谷酷热难耐。那些华丽炫目的寺庙使我感到压抑,头疼不已,它们那光怪陆离的装饰让我心烦意乱。我看到的一切都亮得刺眼,街上的人群令我心烦,一刻不停的嘈杂声刺激着我的神经。我觉得很不舒服,但不确定这种不适是身体上的还是精神上的(我对艺术家的敏感向来表示怀疑,经常用一点护肝药驱散满怀的幽思),为了弄清究竟是怎么回事,我量了体温,惊讶地发现竟然有一百零五度①。我不敢相信,于是又量了一次,依然是一百零五度。精神上的痛苦是不会造成这种结果的。我上床躺下,派人去请大夫。大夫说我很可能染上了疟疾,抽了我的血去化验;稍后,他回来告诉我已经确诊,并给我开了奎宁。这时我想起来,就在我南下暹罗的旅程即将结束时,一位驻军指挥官坚持邀我去他家里住。他把最好的房间让给我,并请我睡那张从曼谷远道而来、用上了清漆的北美油松木制作的欧式大床,他的态度如此恳切,使我不忍心告诉他,我更喜欢我自己那张带蚊帐的小行军床,而不是他那张没有蚊帐的大床。按蚊们抓住了这次宝贵的机会。

病情显然来势汹汹,我吃了几天奎宁都不见效,体温上升到了疟疾患者常见的令人眩晕的高度,湿被单和冰袋都无法使我退烧。我躺在床上,呼吸急促,无法入睡,奇形怪状的宝塔的影子挤满我的脑海,巨大的镀金佛像沉重地压在我的身上。那些带阳台的木质房间隔音不好,每个声音都极其清晰地传入我那饱受折磨的耳中,一天早上,我听见旅馆的女经理——一位和气但精明的生意人,用喉音浓重的德国口音对大夫说:"听我说,不能让他死在这儿。你必须送他去医院。"大夫回答说:"好的,不过咱们再等一两天。""好吧,可是别拖太久。"她回答。

然后到了病情关键期。我身上汗出如浆,床褥很快就湿透了,好像我刚刚在床上洗过澡似的。我突然感觉好多了。我的呼吸变得顺畅,头也不疼了。后来,当人们把我抬到长椅上时,我已经从痛苦中解脱,感到异常的喜悦,头脑也似乎变得格外清晰。我像初生的婴儿一样虚弱,有好几天除了躺在旅馆后面的露台上看那条河流,别的什么都做不了。摩托艇往来不息,舢板更是不计其数,大的汽船和帆船在河上航行,这里俨然一派繁忙港口的气象;如果你热爱旅行,看着那些没有固定航线的最小、最脏、最破的货船出海,不可能不从心里感到一阵兴奋,渴望乘着它们驶向某个未知的港口。清晨,白天的炎热尚未到来,河上一片生机勃勃的热闹景象;而接近日落时分,那些丰富的色彩又隐约预示着沉重的夜色即将来临。我看着汽船费力地溯流而上,伴随着铁链嘈杂的哗哗声下锚停泊,我看着三桅帆船随着潮汐静静地驶向下游。

忘了因为什么原因,我没能去王宫参观,但我并不感到遗憾,因为这样它就为我保留了一丝神秘的气息,而神秘感是你在曼谷最难找到的一种感觉。王宫四周是高大的白色宫墙,墙上的雉堞形状独特,好似一排莲花的花苞。每隔一段距离就有一个入口,站岗的卫兵穿着奇怪的拿破仑式制服,就像一群歌剧演员,令人随时期待他

---

① 指华氏度,相当于40摄氏度。

们开口唱出华丽的曲调。傍晚时分,白色的宫墙变成了粉红色半透明的,在它上方,参差不齐地露出宫殿寺庙华丽奇特五彩斑斓的屋顶和宝塔明亮的尖顶,它们俗艳的色彩被黄昏柔和的暮色笼上了一层柔光。你想象着王宫中那些有着装饰精美的漂亮入口的宽敞庭院,穿着素净而高贵的服装的朝廷官员们在里面专心致志地处理机密的事务;你想象着宫中的那些小路,路的两旁是修剪整齐的树木、庄严宏伟的寺庙、金雕玉砌的殿宇和弥漫着淡淡香气的昏暗阴凉的房间,里面随意堆放着各种传说中的东方宝物。

除了望着河流和尽情享受将我幸福地困在长椅上的虚弱之外我无事可做,于是就编了下面这个童话故事。

三十二

起初,暹罗国王有两个女儿,他为她们取名夜与日。后来他又生了两个女儿,便把前两个女儿的名字改了,用春秋冬夏作为四人的名字。可是随着时间的流逝,他又添了三个女儿,于是他再次为她们改名,用一周七天的名字称呼她们。但是当第八个女儿降生时,他一时不知该如何是好,直到他突然想到了一年中的月份。王后说一年只有十二个月,而且要记住这么多新名字都把她搞糊涂了,但国王是个做事一板一眼的人,一旦打定主意,无论如何都不会改变。他把女儿们的名字改为一月、二月、三月(当然是用暹罗语),一直到最小的女儿八月,再生一个女儿就叫九月。

"那就只剩下十月、十一月和十二月了,"王后说,"在那之后,咱们又得重新来过。"

"不,用不着,"国王说,"十二个女儿对谁来说都足够了,在亲爱的小十二月出生后,我将不得不忍痛砍掉你的脑袋。"

说到这里,他伤心地哭了,因为他很爱王后。王后的心里自然也不好受,因为她知道,如果不得不将她砍头,国王一定会非常难过,而砍头对她也不是一件好事。不过幸运的是,他们两个无需为此担忧,因为九月是他们最后一个女儿。王后后来生的都是儿子,国王用字母表中的字母为他们取名,所以在很长时间内他们都可以高枕无忧,因为他们现在刚刚用到字母 J。

由于不得不频繁改名,暹罗国王的女儿们性格变得很坏,年长的几个由于改名的次数更多,性格自然也就变得更坏。只有九月,从来没有尝过改名的滋味(当然,除了姐姐们为了发泄心中的怨气给她起的各种难听的外号），她的性格温柔又可爱。

暹罗国王有一个习惯，我认为很值得欧洲人效仿。他过生日时不收礼物，而是送别人礼物，并且他似乎乐在其中，因为他经常遗憾地表示，可惜他只有一个生日，每年只能过一次。不过即便如此，积年累月，他还是把结婚时收到的贺礼、市长们表示忠心的呈文和式样不再时兴的旧王冠统统送光了。有一年生日，他的手边已经没有别的东西可送，于是他送给每个女儿一只养在美丽的黄金鸟笼里的美丽的绿鹦鹉，九只鹦鹉的笼子上分别写着与每个公主的名字相对应的月份。九个公主很以她们的鹦鹉为傲，每天都会花一个小时教它们说话（因为像她们的父王一样，她们做起事来也是一板一眼）。很快，所有鹦鹉都学会了说"天佑吾王"（用很难学的暹罗语），有几只甚至会用七种东方语言说"漂亮姑娘"。可是有一天，当九月公主去跟她的鹦鹉道早安时，却发现它躺在黄金笼子的底部，已经死了。她嚎啕大哭，宫女们怎么哄也哄不好。她哭个不停，束手无策的宫女们只好去报告王后，王后说，真是胡闹，最好让这孩子不吃晚饭就睡觉。宫女们想要去参加一个聚会，于是早早地把九月公主安顿上床，留下她一个人便离开了。公主躺在床上，虽然肚子很饿，却依然哭个不停。就在这时，她看见一只小鸟跳进她的房间。她从嘴里抽出拇指，坐起身来。小鸟开始唱歌，它唱了一首美丽的歌，歌中唱的是国王花园里的湖、对着平静的湖面顾影自怜的柳树和在树枝的倒影中游来游去的金鱼。一曲唱罢，公主已经停止了哭泣，而且完全忘记了她还没有吃晚饭。

"这首歌很美。"她说。

小鸟向她鞠了一躬，因为艺术家们向来很有礼貌，而且喜欢得到别人的欣赏。

"你愿意让我来代替你的鹦鹉吗？"小鸟问，"我虽然不够漂亮，但我有一副好嗓子。"

九月公主高兴地拍拍手,小鸟跳上她的床头,唱歌送她进入梦乡。

公主第二天醒来时,小鸟仍坐在床头,她一睁眼,它就对她道了声早安。宫女们给她送来早餐,小鸟吃了她喂的米粒,在她的碟子里洗了澡,还在里面喝了点洗澡水。宫女们说喝洗澡水可不是什么很有教养的行为,但九月公主说它那是艺术家的脾气。吃过早餐,小鸟再次展开动听的歌喉,宫女们非常惊讶,因为她们从未听过如此美妙的歌声,九月公主又骄傲又快活。

"我要带你去让我的姐姐们看看。"公主说。

她朝小鸟伸出右手食指,小鸟飞过来落在上面。然后,由宫女们陪同,她去宫中各处,从一月公主到八月公主,依次拜访了每个公主,因为她很注意礼节。小鸟为每个公主唱了一首不同的歌。而那些鹦鹉却只会说"天佑吾王"和"漂亮姑娘"。最后她把小鸟带去给国王和王后看。他们又惊又喜。

"我就知道让你不吃晚饭就上床睡觉是对的。"王后说。

"这只鸟唱得比那些鹦鹉好听多了。"国王说。

"我早该想到你已经听腻了人们说'天佑吾王',"王后说,"真不明白那些孩子为什么还要教她们的鹦鹉这句话。"

"精神可嘉,"国王说,"这句话听多少次我都不介意。不过那些鹦鹉说的'漂亮姑娘'我可真是听够了。"

"它们使用了七种不同的语言。"公主们说。

"也许是吧,"国王说,"可是这让我想起我的那些顾问们。他们把同一句话用七种不同的方式说出来,但无论用哪种方式,那些话都毫无意义。"

公主们很生气,因为我前面说过,她们心里有很多怨气,鹦鹉们也显得很沮丧。九月公主却快活得像只百灵,唱着歌跑遍了王宫的每一个房间,小鸟在她身边飞来飞去,歌声像夜莺一样动听,而它也的确是一只夜莺。

这种状况持续了好几天,八个公主聚在一起商量对策。她们去找九月公主,围着她坐成一圈,按照暹罗公主的礼仪,她们把脚藏了起来。

"可怜的九月,"她们说,"我们为你那只美丽的鹦鹉感到惋惜。不能像我们一样拥有一只心爱的小鸟,你一定很难过。我们打算把零花钱凑起来,给你买一只漂亮的、黄绿相间的鹦鹉。"

"不用你们操心,"九月说,(她这样说不是很有礼貌,不过暹罗公主们有时对彼此不大客气。)"我有一只心爱的小鸟,它会为我唱最动听的歌曲,我不知道我要一只黄绿鹦鹉有什么用。"

一月不以为然地抽了抽鼻子,二月也跟着抽抽鼻子,然后是三月,公主们按照年龄大小挨个抽了抽鼻子。等她们停下来之后,九月问她们:

"你们为什么抽鼻子,是感冒了吗?"

"哎呀,亲爱的,"她们说,"把那个想来就来想走就走的小家伙称作你的鸟还真是可笑。"她们环顾了一眼房间,高高地扬起眉毛,把额头都挤得看不见了。

"你们会长出难看的皱纹的。"九月说。

"你介不介意我们问一句,你的鸟现在在哪儿?"她们说。

"它去看望它的岳父了。"九月公主说。

"你为什么认为它会回来?"那几个公主问。

"它每次都回来。"九月说。

"哦,亲爱的,"那八个公主说,"如果你听从我们的建议,以后就不用冒这种风险了。如果它回来了,说真的,如果它回来,算你运气好,你要趁它不备把它关到笼子里。只有这样,才能确保它不会离开你。"

"可是我喜欢让它在屋里飞来飞去。"九月公主说。

"安全第一。"姐姐们意味深长地说。

她们起身走出房间,一边走一边摇头,留下九月心神不宁地待在房中。她觉得小鸟似乎已经离开了很长时间,她不知道它现在在做什么。也许它出了什么事。万一遇到老鹰和张网捕鸟的人,不知它会陷入怎样的麻烦。此外,它也许会忘记她,也许会喜欢上别人,那就太可怕了;啊,但愿它平安归来,住进那只空着的黄金笼子里。宫女们埋葬那只死去的鹦鹉时,把笼子留了下来。

九月忽然听见耳后传来啁啾的叫声,她转过头,看见小鸟正坐在她肩上。它回来得如此安静,停落得如此轻柔,她完全没有听到它的声音。

"我在想你是不是出了什么事。"公主说。

"我就知道你会这么想,"小鸟说,"事实上,我今天差一点就不回来了。我的岳父今晚请客,大伙都希望我留下,可是我想你该等得着急了。"

在这种情况下,小鸟的这句话说得很不凑巧。

九月感到心在胸膛里怦怦乱跳,她决定不再冒险。她伸手抓住小鸟。它对此早就习惯了,她喜欢感受它的心脏在她的掌心里急促的卜卜跳动,我想它同样喜欢她的小手的柔软和温暖。小鸟一点也没有怀疑,当她抓着它走到笼子前面,迅速将它放进笼子并关上笼门时,小鸟大吃一惊,一时间想不到要说什么。过了一会儿,它才跳到象牙栖木上,说:

"这是在闹着玩吗?"

"不是闹着玩,"九月说,"妈妈的几只猫今晚跑出来觅食了,我想你在笼子里要安全得多。"

"我想不通王后为什么要养那些猫。"小鸟有些生气地说。

"噢,你要知道,它们是非常特别的猫,"公主说,"它们长着蓝色的眼睛和卷曲的尾巴,而且它们是王室专有的,你明白我的意思吧。"

"完全明白,"小鸟说,"可是你为什么不说一声就把我关进笼子呢?我不喜欢这种地方。"

"如果不能确定你的安全,我整夜都无法合眼。"

"好吧,这次我就不计较了,"小鸟说,"只要你早上放我出去就好。"

它吃了一顿丰盛的晚餐,然后开始唱歌。但是唱到一半,它停了下来。

"我不知道我是怎么了,"它说,"可是我今晚不想唱歌。"

"好吧,"九月说,"你去睡觉吧。"

于是,它把头埋在翅膀下面,不一会儿就睡着了。九月也去睡了。可是天刚破晓,她就被小鸟的喊声叫醒了。

"醒醒,快醒醒,"它说,"打开笼子放我出去。我要趁着露水还没干,痛痛快快地飞上一阵。"

"你最好还是待在里面,"九月说,"你有一只美丽的黄金鸟笼,是我爸爸的王国里最好的工匠做的,爸爸对它非常满意,他砍了那个工匠的头,这样他就不会再做另一个了。"

"放我出去,放我出去。"小鸟说。

"我的侍女会照顾你一日三餐,从早到晚你不用为任何事操心,你可以尽情歌唱。"

"放我出去,放我出去。"小鸟说。它想从笼栅中间钻出去,可是当然没有成功,它用力撞向笼门,当然也无法把门打开。后来八个公主过来看它。她们说九月接受她们的建议非常明智,还说它很快就会适应笼中的生活,几天之内就会完全忘记曾经的自由。小鸟当着她们的面什么都没说,但是她们一走,它就又叫了起来:"放我出去,放我出去。"

"别傻了,"九月说,"我是因为喜欢你才把你关在笼子里的。我比你自己更清楚什么对你有好处。给我唱首歌,我就给你一块红糖。"

小鸟站在笼子的一角,望着外面的蓝天,没有唱一个音符。它一整天都没有唱歌。

"生闷气有什么用?"九月说,"为什么不唱首歌,忘记你的烦恼呢?"

"我怎么唱得出来呢?"小鸟回答道,"我想去看那些树,那片湖,还有田里生长的绿油油的稻子。"

"如果这就是你想要的,我可以带你出去散步。"九月说。

她提着笼子走出房间,走到柳树环绕的湖边,走到一望无际的稻田边上。

"以后我每天都带你出来,"九月说,"我爱你,我只想让你幸福。"

"这里不一样了,"小鸟说,"隔着笼子的栅栏看过去,稻田、湖和柳树全都变了模样。"

她带它回家,拿晚餐给它。但它什么都不吃。公主有些担心,便去问她的姐姐们讨主意。

"你必须态度强硬。"她们说。

"可是如果不吃东西,它会死的。"她说。

"那它就太忘恩负义了,"她们说,"它应该知道,你这么做都是为它着想。如果它顽固不化,死了也是活该,对你倒是件好事。"

九月并不觉得那对她是件好事,但她们有八个人,而且都比她年长,因此她什么都没说。

"也许它明天就适应这个笼子了。"她说。

第二天醒来时,她愉快地道了声早安,却无人应答。她跳下床跑到笼子前面。她惊叫一声,只见小鸟闭着眼睛侧躺在笼底,看上去好像死了。她打开笼子,把小鸟拿出来。她宽慰地松了口气,因为她摸到它那颗小小的心脏仍在跳动。

"醒醒,小鸟,醒醒。"她说。

她哭了,她的眼泪滴落在小鸟身上。它睁开眼睛,发现笼子的栅栏已经不在身边。

"没有自由,我就无法歌唱,不能歌唱,我就会死。"它说。

公主重重地抽噎了一下。

"那我就还你自由,"她说,"我把你关在黄金的笼子里是因为我爱你,想独自拥有你。我不知道这样会杀死你。去吧。飞去湖边的树林里,飞去绿色的稻田上。我足够爱你,愿意让你用自己的方式获得幸福。"

她推开窗,把小鸟轻轻地放在窗台上。小鸟抖了抖身子。

"你从此来去自由,小鸟,"她说,"我再也不会把你关进笼子了。"

"我会来的,因为我爱你,小公主,"小鸟说,"我会把我知道的最美妙的歌曲唱给你听。我会走得很远,但我每次都会回来,我永远不会忘记你。"它又抖了抖身子。"啊呀,我的身体好僵硬啊。"它说。

它张开翅膀,一下子飞上了蓝天。小公主却伤心地哭了,因为将所爱的人的幸福置于自己的幸福之上是很难做到的,看着小鸟远远地消失在视线之外,她突然感到非常孤独。她的姐姐们知道这件事后，嘲笑她说小鸟再也不会回来了。但它终于还是回来了。它坐在九月的肩上，吃她喂它的东西，给她唱它在世界上各个美丽的地方自由飞翔时学会的那些动听的歌曲。九月日夜开着窗户，以方便小鸟随时飞进她的房间；这对她非常有益，她出落得十分美丽。等她到了出阁的年龄，她嫁给了柬埔寨国王，白象驮着她一路来到他居住的城市。但是她的姐姐们睡觉从不开窗，所以她们全都长得很丑，脾气也坏，到了出嫁的年龄，她们被当作赠品，连同一磅茶叶和一只暹罗猫，送给了国王的顾问们。

三十三

在我的气力恢复了一些之后，一位好心的朋友——巴特公司[1]的经理，带我坐上他们公司的汽艇去游运河，赋予曼谷独特个性的运河。据说直到几年前，任何人都不能未经王室许可在陆地上建造房屋，因此房屋或是打桩建在水岸边的泥滩上，或是建在固定于岸边的趸船上。宽广美丽的湄南河是城市的主干道。溯流而上，可以看到许多寺庙矗立在岸边位置优越的地方，看到高高的宫墙和墙内金碧辉煌的重檐叠栋，看到宏伟崭新的公共建筑，看到老派、整洁、庄重的绿色的英国公使馆和凌乱不堪的码头。当你转入一条主要的运河时，仿佛来到了曼谷的牛津街[2]，两旁的船屋上都是面河而开的商店，人们驾着舢板购物。有的运河很宽，人们便在河中央架起浮码头，这样就可以在河上开设双排或三排商店。挤满乘客的小汽轮吐着烟在河里往来穿梭，它们是节俭之人的公共汽车；富有的中国人乘着汽艇高速驶过，激起的尾流推着近旁的小船在水面上危险地摇晃，他们的做派与那些雨天在伦敦街头驾驶豪华汽车溅路人一身泥水的有钱人如出一辙；拖船拖着满载货物的大型驳船缓慢地在河上往来，就像马拉着四轮运货马车在市场、批发商和商店之间往返；此外还有划着小船沿河叫卖鱼、肉、蔬菜的小商贩，和陆地上推着手推车沿街叫卖的小贩一样。一个妇人坐在黄色油纸伞下，从容而有力地划着船桨。最后就是那些独自划着舢板的水上行人，他们或是有事在身，正在为差事奔波，或是悠游自在，像皮卡迪利大街[3]上的行人一样，正在水面上闲逛。对于尚未见惯水上生活的人而言，看着头发蓬松花白的体面的老妇人熟练地驾着独木舟在船只间穿行,有条不紊地完成日常的采买,实在令人惊奇。光着身子或者只在腰间围一块破布的小男孩和小女孩摇着小划子在汽轮和摩托艇的间隙中钻来钻去,就像突然冲出马路的儿童,没被撞到实属奇迹。船屋上的人无所事事,男人们大多半裸着,用水冲洗自己或孩子,不时可见六七个顽童在水里打闹。

沿着运河向前,可以看到从运河中分出许多小的支流,宽窄仅容一只舢板进出,从船上可以瞥见那边的绿树和掩映其中的房屋。它们就像你在伦敦见到的那些由繁华的大街分出来的僻静的背街小巷。正如大城镇的主街逐渐延伸成为郊区道路,运河逐渐收窄,水面上的船只越来越少,只有零星的一个船屋,也许是一间杂货店,为附近居民提供各种生活必需品;两岸的树木渐趋茂密,在椰子树和果树中间,偶尔可见一栋棕色的小房子,里面住着无惧孤独的暹罗人家。随着种植园的面积不断扩大,你所在的这条运河,从最初的繁忙的大街,到穿过郊区的体面的道路,此时已经变成了一条绿树成荫的乡间小路。

---

① 英国一家摩托车制造公司(1902—1926)。
② 位于伦敦西区的著名购物街。
③ 位于伦敦市中心,以其时髦的商店、俱乐部、旅馆和住宅著称。

三十四

我乘坐一艘四五百吨的破旧的小船离开曼谷。船上兼作餐厅的交谊厅昏暗肮脏，沿纵向摆放着两张狭长的桌子，两边放着转椅。客舱在船舱内部，肮脏至极。地板上蟑螂横行，无论你生性多么平和，当你去洗脸池洗手，却看到一只巨大的蟑螂大摇大摆地走出来时，也难免会吓一大跳。

我们顺流而下，河水宽广、平缓而欢快，青翠的河岸上散布着建在水边木桩上的高脚屋。船行过河口的沙洲，蔚蓝平静的大海展现在我面前。望着大海，嗅着大海的气息，我感到欣喜不已。

我清早上船，很快就发现我被抛到了我所遇到过的最特别的一群人中间。同船的有两个法国商人、一个比利时上校、一个意大利男高音、一个美国马戏团老板和他的妻子，以及一个退休的法国官员和妻子。马戏团老板是通常所谓的善于交际的人，人们对这种人或是避之不及，或是热烈欢迎，全视心情而定，不过我碰巧正对生活感到非常满意，因此上船还不到一个小时，我们已经在掷骰子喝酒，他也带我参观过他的那些动物了。他是个很矮很胖的人，一件不大干净的白色短外套勾勒出他便便大腹的优美轮廓，而那过紧的衣领使人不由得为他居然没有窒息而感到诧异。他的脸红扑扑的，胡子刮得很干净，有一双快活的蓝眼睛和一头乱蓬蓬的浅棕色短发。他的后脑勺上扣着一顶破旧的遮阳盔。他叫威尔金斯，出生于俄勒冈州波特兰。东方人似乎对马戏抱有极大的热情，威尔金斯先生二十年来已经带着他的动物和旋转木马跑遍了从塞得港①到横滨的东方各大码头（亚丁②，孟买，马德拉斯，加尔各答，仰光，新加坡，槟城,曼谷,西贡,顺化,河内,香港,上海,这些名字在舌尖上滚动带来无穷回味,并用阳光、奇特的音乐风格和多姿多彩的活动填满你的想象)。他过着非同寻常的特殊生活,你会自然而然地认为,这种生活一定为他提供了各种各样的奇特经历,然而怪就怪在他是个极其平庸的人,说他在加利福尼亚一个二流城镇经营一家修车厂或者一家三流旅馆,也没有人会怀疑。我经常注意到一个事实——但不知为什么,每次它总会令我感到惊讶——那就是:不平凡的生活并不会让一个人变得不平凡;恰恰相反,如果一个人不平凡,他会使乡村助理牧师那样的平凡生活都变得不平凡起来。我希望能在这里讲讲我在托雷斯海峡③一座岛屿上拜访过的一位与世隔绝者的故事,那是一个遭遇了海难的水手,独自在岛上生活了三十年,可是你在写一本书时会受到主题的束缚,即使我为了图一时跑题之快,现在把它写下来,到头来,出于我对什么适合写进书里,什么不适合的理性判断,我也会被迫将它删掉。不管怎样,总而言之,尽管这个人与自然和他的思想有过如此长久而亲密的交流,在经历了那么不平凡的生活之后,他依旧和最初时一样,是个冥顽不灵、俗不可耐的蠢材。

那个意大利歌手从我们身边经过,威尔金斯先生告诉我,他是拿波里人,由于在曼谷染上疟疾而被迫离开乐团,现在要去香港与乐团会合。他是个大块头,人很胖,猛地坐下时,椅子会惊恐地嘎吱作响。他摘下遮阳盔,露出一头拳曲油腻的长发,他用戴着戒指的短粗的手指梳理了一下。

"他不大合群,"威尔金斯先生说,"他收下了我给他的雪茄,但

---

① 埃及东北部港市。
② 也门城市,位于阿拉伯半岛的西南端。
③ 位于澳大利亚同伊里安岛(新几内亚岛)之间。

不肯跟我喝一杯。如果他有什么怪癖,我也不会吃惊。他长得很凶,不是吗?"

这时,一个身穿白衣的矮胖妇人牵着一只猴子的手来到甲板上。它似模似样地走在她身边。

"这是威尔金斯太太,"马戏团老板说,"还有我们最小的儿子。拉把椅子过来,威尔金斯太太,认识一下这位先生。我不知道他的名字,但他已经替我付了两杯酒钱了,如果他的手气还像刚才一样,他也得请你喝一杯。"

威尔金斯太太面无表情心不在焉地坐下,她望着蔚蓝的大海,表示她不明白自己为什么不要一杯柠檬水喝。

"天啊,真热。"她小声抱怨着,用摘下来的遮阳盔给自己扇风。

"威尔金斯太太怕热,"她丈夫说,"她来这种热带地方已经二十年了。"

"二十二年半。"威尔金斯太太说,眼睛依然看着大海。

"她到现在还没适应。"

"永远也适应不了,这你知道。"威尔金斯太太说。

她和丈夫一样矮,一样胖,有一张和他一样的红扑扑的圆脸和一头乱蓬蓬的浅棕色头发。我不知道他们是因为长得像才结婚,还是在多年的婚姻中逐渐变得如此惊人地相像。她没有回头,继续心不在焉地看着大海。

"你带他去看过那些动物了?"她问。

"当然。"

"他觉得珀西怎么样?"

"觉得它挺好。"

我感觉自己被不恰当地排斥在了一场无论如何与我有关的谈话之外,于是我问:

"珀西是谁?"

"珀西是我们的大儿子。看那条飞鱼,埃尔默。就是那头猩猩。它今天早上好好吃饭了吗?"

"好好吃了。它是最大的圈养猩猩。给我一千美金我也不换。"

"那头大象和你们什么关系?"我问。

威尔金斯太太没有看我,一双蓝眼睛仍漠然注视着大海。

"它不是家人,"她答道,"它只是朋友。"

侍者给威尔金斯太太拿来柠檬水,给她丈夫一杯威士忌苏打,给我一杯加奎宁水的杜松子酒。我们又掷了一把骰子,我签了账单。

"如果他每次掷骰子都输,酒钱一定很贵。"威尔金斯太太对着海岸线喃喃自语。

"我猜埃格伯特也想喝一口你的柠檬水,亲爱的。"威尔金斯先生说。

威尔金斯太太微微转过头,看了看坐在她腿上的猴子。

"你要喝一口妈妈的柠檬水吗,埃格伯特?"

猴子吱吱叫了一声,她搂着它,递给它一根吸管。猴子吸了一点柠檬水,喝够了就靠回威尔金斯太太丰满的胸前。

"威尔金斯太太最喜欢埃格伯特,"她丈夫说,"这也难怪,毕竟是她最小的孩子。"

威尔金斯太太用另一支吸管若有所思地喝着柠檬水。

"埃格伯特很好,"她说,"埃格伯特没有什么不好。"

就在这时,一直坐在那里的法国官员站起身来,开始来回走动。他是由法国驻曼谷公使、一两个秘书和一位暹罗王子陪同登船的。他们又是鞠躬又是握手,忙活了好一阵子,当船驶离码头时,他们久久地挥动着帽子和手帕向他道别。他显然是一位重要人物。我听见船长称呼他总督先生。

"那是这艘船上的大人物,"威尔金斯先生说,"他曾是某个法国殖民地的总督,现在正在环球旅行。他在曼谷看过我的马戏表演。我想我应该问问他要不要喝点什么。我该怎么称呼他,亲爱的?"

威尔金斯太太缓缓转头看了那个法国人一眼,他正在来回踱步,扣眼里别着一枚玫瑰花形的荣誉军团勋章。

"不用称呼他,"她说,"拿一个铁圈,他就会钻过来。"

我忍不住笑了。总督先生个子很矮,远低于平均身高,身形也很瘦小,一张小脸长得很丑,五官粗重,近似于黑人;他有着浓密的灰色头发、浓密的灰色眉毛和浓密的灰色小胡子。他的样子确实有点像卷毛狗,他的眼睛也像卷毛狗一样温柔、聪慧,闪闪发亮。他再次经过我们身边时,威尔金斯先生叫了一声:

"先生,您喝什么?"①我无法再现他那古怪的口音。"一点波尔图葡萄酒。"他转向我,"外国人,都喝波尔图。一准错不了。"

"荷兰人除外,"威尔金斯太太看了看大海,说,"他们只喝荷兰杜松子酒。"

那位尊贵的法国人停下脚步,有些困惑地看着威尔金斯先生。威尔金斯先生拍拍胸脯说:

"我啊,马戏团老板。您来看过。"

随后,出于某种我无法理解的原因,威尔金斯先生用手臂围成一个圆圈,并用手势比出一只卷毛狗跳过圆圈的动作。然后他指了指威尔金斯太太抱在膝上的猴子。

"我妻子的小外孙。"他说。(其实他想说的是小儿子。)

总督明白过来了,他发出一阵特别悦耳的富有感染力的笑声。

---

① 威尔金斯先生和总督说的这几句话都是法语。

威尔金斯先生也跟着笑了

"是的,是的,"他大声说,"我,马戏团老板。来点儿波尔图酒,好不好?"

"威尔金斯先生说起法语来就像个法国人。"威尔金斯太太对旁边的大海说。

"非常愿意。"总督说,脸上的笑意仍未退去。我拉过一把椅子给他,他朝威尔金斯太太鞠了一躬,坐下了。

"告诉卷毛儿脸他叫埃格伯特。"她说,眼睛看着大海。

我叫来侍者,我们点了一轮饮料。

"你来签账单,埃尔默,"她说,"如果这位不知名的先生最多只能掷出一对3点,何苦再让他掷呢。"

"您懂法语吗,夫人?"总督礼貌地问。

"他想知道你会不会说法语,亲爱的。"

"他以为我是在哪儿长大的,那不勒斯吗?"

总督兴奋地打着手势,滔滔不绝地讲了一大串极为漂亮的英语,需要我用上自己全部的法语知识才能听懂他到底在说什么。

不久,威尔金斯先生带他下去看那些动物,又过了一会儿,我们聚集到闷热的交谊厅吃午餐。总督的妻子也来了,被安排在船长右手边的位子上。总督为她介绍了我们都是谁,她亲切地向我们躬身致意。她身材高大,体格健壮,年龄大约五十五岁,穿着略显严肃的黑色丝绸衣裙,头戴一顶很大的圆形遮阳盔。她生得浓眉大眼,五官端正,体型如雕像般高大匀称,使人联想到参加游行的那些高大魁梧的女性。她一定很适合在爱国示威中扮演哥伦比亚女神或不列颠女神①的角色。她和矮小的丈夫站在一起,就像摩天大楼和棚

---

① 分别是美国和英国的拟人化象征。

屋站在一起。他兴致勃勃地说个不停，言语颇为风趣，每当他说了什么好笑的话，她那严肃的脸上就会绽出一个大大的、充满柔情的微笑。

"你真傻，我的朋友，"她说，然后转向船长，"您不要理睬他。他总是这样。"

事实上，我们用餐非常愉快，餐后我们回到各自的舱室，睡过炎热的下午。在这样一艘小船上，一旦与同船的旅客结识，即使不愿意，也不可能不和他们一起度过客舱外的每一刻时光。唯一离群独处的是那个意大利男高音。他不和别人说话，而是独自一人尽可能靠近船头坐着，轻轻拨动一把吉他，你必须竖起耳朵才能听到他弹奏的音符。我们一直在看得见陆地的地方航行，海水就像一桶牛奶。我们聊着一个又一个话题，看着天色渐暗，我们吃了晚餐，然后又回到外面，坐在星光下的甲板上。那两个商人留在闷热的交谊厅里打皮克牌，但那位比利时上校加入了我们这一小群。他是个腼腆的胖子，只在表示礼貌时才开口。不久，也许是受到夜的感召，也许黑暗给了待在船头的他独自在海上的感觉并使他受到鼓舞，那位意大利男高音用吉他为自己伴奏，唱起歌来，起初声音很低，然后响亮了一些，很快他便陶醉在音乐中，放声高歌起来。他拥有真正的意大利人的嗓音，散发着通心粉、橄榄油和阳光的气息，他唱的是我年轻时在圣费迪南多广场听过的拿波里歌曲，以及歌剧《波希米亚人》《茶花女》和《弄臣》的选段。他唱得激情澎湃，字字铿锵，他的颤音让你想起你听过的每一个三流意大利男高音歌手，但是在那个令人愉快的空旷的夜晚，他那夸张的歌声只会让你面带微笑，从心里感到一种懒洋洋的感官的愉悦。他唱了大概有一个小时，我们都安静了下来；然后他的歌声停了，但他没有改变姿势，在发光的夜空的衬托下，我们看到他那庞大身躯的模糊的轮廓。

我发现那个小个子法国总督一直握着他那位高大妻子的手,这景象既滑稽又感人。

"你们知道吗?今天是我和妻子初次见面的周年纪念日,"他突然开口打破沉默,沉默一定令他感到压抑,因为我从没见过比他话更多的人,"同时也是她答应嫁给我的周年纪念日。还有,你们肯定猜不到,这两件事就发生在同一天。"

"瞧你,我的朋友,"那位女士说,"不要用那些陈年旧事来烦我们的朋友。你真让人受不了。"

可是她说话时,宽大而坚定的脸上带着笑容,她的语气也表明她其实很愿意再听一遍。

"但他们会感兴趣的,我的小宝贝。"他一直这样称呼他的妻子,听到这位高大威严得令人肃然起敬的女士被她的小丈夫如此称呼,实在很好笑。"是不是,先生?"他问我,"这是个浪漫故事,谁不喜欢浪漫呢,尤其是在这样的夜晚?"

我向总督保证,我们都迫不及待地想听,那位比利时上校也礼貌地附和了一句。

"要知道,我们当初结婚纯粹是权宜之计。"

"这是真的,"他妻子说,"傻瓜才会否认。但有时人们不是婚前,而是婚后才开始相爱,这样的爱情更好,更长久。"

我注意到,总督充满柔情地紧紧握了握她的手。

"你们瞧,我曾在海军效力,退休时我四十九岁,仍然年富力强精力充沛,我非常希望找到一份工作。我四处打听,动用了各种关系。幸运的是,我的一个堂兄弟在政界有点地位。民主政体的一个好处就是,如果你有足够的影响力,个人价值通常会得到应有的回报,而这种价值在其他政体下是有可能被忽视的。"

"你真谦虚,我可怜的朋友。"她说。

"不久,殖民部部长召见我,给了我一个殖民地总督的职位。他们想派我去的地方很远,而且偏僻,但这对我不成问题,因为我的前半生就是在各个港口间过着漂泊不定的生活。我高兴地接受了。部长对我说,我必须在一个月内做好动身的准备。我告诉他,这对一个除了少量衣物和书籍之外别无他物的老单身汉来说很容易。

"'什么,上尉,'他喊道,'你是单身?'

"'当然,'我回答,'而且我打算一直保持单身。'

"'那样的话,恐怕我必须撤销刚才的提议。这个职位要求你必须已婚。'

"事情说来话长,简而言之就是,由于单身的前任总督带土著女孩回官邸居住而闹出的丑闻,以及由此引发的当地白人、种植园主和官员妻子们的怨言,上面决定,下一任总督必须是正派的典范。我提出抗议,我同他争论。我概述了我对国家的贡献以及我的堂兄弟在以后的选举中可以提供的帮助。

"'可是我能怎么办呢?'我绝望地喊道。

"'你可以结婚。'部长说。

"'可是,部长先生,我一个女人也不认识。我不是一个会讨女人喜欢的男人,而且我四十九岁了。你指望我怎么去找到一个妻子呢?'

"'没有比这更简单的了。在报纸上登征婚广告。'

"我吃了一惊,一时无言以对。

"'好吧,仔细考虑一下,'部长说,'如果你能在一个月内找到一个妻子,你就可以去赴任,没有妻子就没有工作。我要说的就是这些。'他微微一笑,我的处境在他看来颇为滑稽。'如果你想登广告,我推荐《费加罗报》。'

"我从部里出来,感到心如死灰。我知道他们想派我去的那个地方,也知道在那里生活很适合我;当地的气候还可以,官邸也宽敞舒适。总督的职位对我很有吸引力,而且我除了海军军官的养老金外一无所有,那份薪水也不容小觑。我突然下了决心。我走到《费加罗报》的办事处,写了一则广告交给他们刊登。我可以告诉你们,事后我走上香榭丽舍大道时,我的心跳得比我的船要轻装上阵去打仗时还要剧烈得多。"

总督俯身向前,把手按在我的膝上。

"亲爱的先生,说出来你准不信,我收到了四千三百七十二份答复。信件像雪片一样飞来。我本以为只会有六七封来信;我不得不叫了辆车子把信运回旅馆。我的房间都快装不下了。有四千三百七十二个女人愿意分担我的孤独,成为总督夫人。这真令人意想不到。她们的年龄从十七岁到七十岁不等。有家世无可挑剔、教养良好的年轻女子,有在人生的某个阶段出过一点小差错,如今渴望一个合法身份的未婚女士;有在最悲惨的境况中痛失丈夫的寡妇,还有带着孩子,可以让他们作为我晚年慰藉的寡妇。她们有的金发,有的黑发,有高有矮,有胖有瘦;有的会说五种语言,有的会弹钢琴。有的给我爱情,有的渴望爱情;有的只能给我交织着敬意的牢固的友谊;有的富有财产,有的钱途无量。我眼花缭乱,无所适从。最后我发火了,因为我是个脾气急躁的人,我起身把所有那些信和照片全都踩在脚下,喊道:这些人我一个也不要。这件事毫无希望,我只剩下不到一个月的时间,来不及和手边这四千多名应征者见面。而我认为如果不和她们全都见上一面,我的余生都会被错过了那唯一一个命中注定会让我幸福的女人的想法所折磨。我对这件事不再抱有希望了。

"我走出照片和信纸扔得满地狼藉的令人沮丧的房间,为了散心,我来到街上,在和平咖啡馆①坐下。过了一会,我看到一个朋友

---

① 位于巴黎歌剧院近旁的著名咖啡馆。

路过,他向我点头微笑。我努力挤出笑容,可是心里很苦闷。我意识到我的余生都只能以退休海军军官的身份在土伦①或布雷斯特②的廉价膳宿公寓里度过了,可恶!我的朋友停下来,走到我面前坐下。

"'为什么这样愁眉不展,我亲爱的朋友?'他问我,'你可是这世上最快活的人。'

"我很高兴可以有人听我倾诉烦恼,于是把事情的来龙去脉告诉了他。他放声大笑。我后来想,也许这事确有它可笑的一面,但在当时,我向你保证,我完全不觉得有什么好笑。我有些没好气地对朋友提到这一点,他尽力忍住笑对我说:'可是,老兄,你真的想结婚吗?'听他这么说,我彻底发作了。

"'你这个傻瓜,'我说,'如果我不想结婚,而且是在两周内马上结婚,你认为我会花三天时间读那些我从未见过的女人写来的情书吗?'

"'冷静点,听我说,'他答道,'我有个表妹住在日内瓦。她是瑞士人,出身于共和国最有名望的家庭。她的品行无可指摘,年龄也合适,之所以一直未婚是因为十五年来她都在照料不久前刚刚去世的体弱多病的母亲,她受过良好的教育,另外,她长得也不丑。'

"'听起来她简直是个完人。'我说。

"'我并没这么说,但她教养良好,很适合你为她提供的那个位置。'

"'你忘了一件事。她有什么理由抛下她的朋友和她熟悉的生活,跟随一个决非美男子的四十九岁男人远赴他乡呢?'"

总督先生忽然中断讲述,用力耸了耸肩,他的头几乎缩进肩膀

---

① 法国东南部港市,设有海军基地。
② 法国西部港市,是重要海军基地。

里,他转向我们。

"我很丑,我承认。我这种丑不会令人恐惧或敬畏,只会招来嘲笑,这是最糟的一种丑。人们第一次见到我时,不是惊恐得退缩,而是哈哈大笑,如果是前者,显然也可算是一种恭维。听我说,当可敬的威尔金斯先生今天早上带我参观他那些动物时,那头名叫珀西的猩猩朝我张开双臂,要不是有笼子栅栏挡着,它一准把我当作它失散已久的兄弟紧紧搂进怀里。事实上,有一次我在巴黎植物园游览时,听说有一只类人猿逃跑了,我连忙向出口走去,生怕他们错把我当成那只逃跑的猿猴抓起来,不听我辩解就把我关到猴舍里去。"

"瞧你,我的朋友,"他的夫人用低沉缓慢的声音说道,"你比平时更爱胡说了。我不会说你是美男子,以你的身份,你不需要是美男子,但你有尊严,有风度,你是所有女人都会称道的好男人。"

"我接着讲我的故事。听我这么说,我的朋友回答道:'谁也猜不透女人的心思。婚姻对她们有种特别的吸引力。问问她也无妨。反正在女人看来,求婚是对她的一种赞美。大不了被她拒绝。'

"'可我不认识你表妹,也不知道怎么去认识她。我总不能去她府上求见,一进客厅就对她说:你好,我是来向你求婚的。她会把我当成疯子,高声呼救的。何况,我这个人非常胆小,绝对做不出这种事来。'

"'我告诉你怎么做,'我的朋友说,'你去日内瓦,替我带一盒巧克力给她。她会很高兴听到我的消息,会愉快地接待你的。你可以和她谈谈,如果你不喜欢她的样子就告辞,不会有任何损失。如果你喜欢她,咱们就研究一下,你好去向她正式求婚。'

"我已经走投无路,似乎也只好试试这个办法了。我们立刻去商店买了一大盒巧克力,当天晚上我就坐火车去了日内瓦。我一到就给她写信,说她表哥托我带来一样礼物,希望能亲手交给她。不到一个小时,我收到她的回信,大意是她愿意在下午四点见我。在等待的这段时间,我对着镜子把领带系了又解,解了又系,足有十七次之多。钟敲四点,我准时来到她门前,立刻被领进客厅。她正在等我。她表哥只说她长得不丑,因此,当我看见一位气质高贵,像朱诺①一样端庄,像维纳斯一样美丽,眉宇间流露出密涅瓦②一般聪慧的年轻女郎,至少是依然年轻的女子时,可想而知我有多么惊讶。"

"你又在胡说了,"总督夫人说,"不过这些先生们现在已经知道,你的话不能全信。"

"我向你们发誓,我没有夸大其词。我大吃一惊,险些把巧克力掉在地上。但我告诉自己:近卫军宁死不降。我送上那盒巧克力,跟她说了她表哥的消息。我发现她待人亲切。我们交谈了一刻钟。然后我对自己说:来吧。我对她说:

"'小姐,我必须告诉你,我来这里并不仅仅是为了送一盒巧克力给你。'

"她笑着说,我来日内瓦显然一定有比这更重要的理由。

"'我是来请求你嫁给我的。'她吃了一惊。

"'可是,先生,您一定是疯了。'她说。

"'我请你听我把话说完再回答我。'我打断她,不等她开口说一个字,就把事情的全部经过告诉了她。我给她讲我在《费加罗报》广告征婚的经过,她笑得眼泪都流出来了。这时我又重复了一遍我的请求。

"'您是认真的吗?'她问。

"'我这一生从没有这么认真过。'

"'我不否认,您的求婚让我很惊讶。我没有想过结婚,我已经

---

① 罗马神话中主神朱庇特之妻,相当于希腊神话中的天后赫拉。
② 罗马神话中司智慧、艺术、发明和武艺的女神,相当于希腊神话中的雅典娜。

过了那个年纪;但是,您的求婚显然不是一个女人可以不假思索地加以拒绝的。我感到受宠若惊。能不能给我几天时间考虑一下?'

"'小姐,我很抱歉,'我回答,'可是我没有时间了。如果你不愿意嫁给我,我只好回巴黎继续读那剩下的一千五百到一千八百封来信了。'

"'我显然不可能立即答复您。一刻钟之前我还和您素不相识。我必须同家人朋友商量一下。'

"'这和他们有什么关系?你已经成年了。事态紧急,我不能再等。我把情况都告诉你了。你是个聪明的女人。与其瞻前顾后,不如当机立断。'

"'您不是要我立刻给出答复吧?这太荒唐了。'

"'那正是我要你做的。我的火车几小时后就要回巴黎了。'

"她若有所思地看着我。

"'您显然是个疯子。为了您自己和公众的安全,您应该被关起来。'

"'说吧,到底选哪个?'我说,'好还是不好?'她耸了耸肩。

"'上帝啊。'她迟疑了片刻,我感到如坐针毡。'好的。'"

总督朝妻子挥了挥手。

"情况就是这样。两周后我们结了婚,我当上了殖民地的总督。我娶到了一个无价之宝,亲爱的先生们,一个性格最迷人的女人,一个千里挑一、兼有男性的智慧和女性的情感的女人,一个令人敬佩的女人。"

"别说了,亲爱的,"他的妻子说,"你把我说得像你一样可笑了。"

他转向那位比利时上校。

"你是单身吗,我的上校?如果是的话,我强烈建议你去日内瓦。那里是最可爱的年轻女性的家园（他用的是法语"苗圃"这个词）。你会在那里找到在其他任何地方都找不到的好妻子。日内瓦还是个迷人的城市。一分钟也不要浪费，到那里去，我会交给你一封给我妻子的侄女们的信。"

他的妻子为这个故事做了总结。

"事实是，在基于利害关系的婚姻中，你们的期望更少，失望也就更少。你们不会对彼此提出无理的要求，也就不会为此而气恼。你们不奢求完美，因此可以忍受对方的缺点。激情固然很好，但它并不是婚姻的适当基础。要知道，两个人要想婚姻幸福，他们必须能互相尊重，他们必须条件相当，他们的兴趣必须相近；那样的话，如果他们都是正派的人，愿意互谅互让，愿意互相宽容，他们的婚姻就没有理由不像我们这样幸福。"她停顿了一下，"不过，当然啦，我的丈夫是个非常、非常了不起的人。"

三十五

从曼谷到柬埔寨海滨的白马只有三十六小时路程,我准备取道那里前往金边和吴哥。白马是一块狭长的海滨地带,背靠青山,法国人在这里为他们的政府官员建立了一处疗养站,一栋大平房里住满了那些人和他们的太太。这里的主管是一位退休的船长,我通过他搞到了一辆车,载我去金边。金边是柬埔寨的古都,古老的气息却已荡然无存,如今的它是由法国人建造、中国人居住的一座混血城市;它有宽阔的街道,街边的拱廊里开着中国商铺,有布局规整的花园,还有一个临河的码头,整齐地种植着树木,就像法国河滨小镇的码头一样。旅馆很大,很脏,看着很气派,外面有一个露台,供那些商人和数不清的公务员们在此小酌一杯,暂时忘记他们并非身在法国的现实。

在这里,兴致高的游客可以去参观一座建成不过三十年左右的王宫,世系绵长的国王们的后裔在那里维持着王权的假象;他们将欣赏到他的珠宝、金光闪闪的金字塔形头饰、一柄神圣的宝剑、一支神圣的长矛,以及欧洲的君主们六十年代赠予他的外形奇特的老式装饰品;他们会看到设有御座的觐见大厅,华丽而俗气的宝座上方有一顶巨大的九层白色华盖;他会看到一座干净整洁的崭新庙宇,周身金光灿灿,铺着银色的地板;如果他有丰富的记忆和活泼的想象,他可以对皇家的服饰、帝国的逝去以及君主们可悲的艺术品位进行种种思考,从中得到乐趣。

不过,如果他们不是严肃的游客,而是轻浮的傻瓜,他们也可以用一个小故事自娱。

从前，为了欢迎新上任的法国总督和夫人，金边的王宫里举行了一场盛大的招待会，国王和满朝文武全都盛装出席。初来乍到的总督夫人性格腼腆，为了找点话说，她称赞了国王佩戴的一条镶嵌宝石的漂亮的皮带。礼节和东方的礼仪迫使他立刻解下皮带送给她；但那条皮带是防止国王的裤子掉下来的唯一保障，于是国王转向首相，叫他把他系着的那条稍逊一筹的皮带给他。首相解下皮带递给主上，然后转向紧挨着他的国防大臣，要求他把皮带给他。国防大臣转向掌礼大臣，提出了同样的要求，就这样，从一个大臣到另一个大臣，从一位官员到另一位官员，同样的要求依次传递下去，直到最后，只见一个小听差双手提着裤子从宫里慌慌张张地跑出来。因为他是在场的人里地位最低的一个，找不到人可以给他一条皮带。

不过，游客在离开金边之前，最好去博物馆参观一下，他们也许会在这里，在大量平庸乏味的展品中，生平第一次见到一类将会带给他们许多思考的雕塑。他们会看到至少一尊与玛雅人或古希腊人用石头雕刻的任何作品同样美丽的雕像。但如果他们像我一样，是个后知后觉的人，他们也许要过很久才会意识到，在不经意间，他们在这里偶遇了某种在他们的余生都将使他们的灵魂变得丰富的东西。这就像一个人买了一块地为自己盖一间小屋，结果发现地下蕴藏着一座金矿。

三十六

使吴哥之行具有不同寻常的意义——让你为这样一次不平凡的经历做好适当的心理准备——的原因之一是到达那里的路途之艰难。抵达金边之后——这个地方已经足够偏僻——你必须乘汽船沿湄公河的一条支流,一条无精打采水流缓慢的河流溯流而上很远的距离,到达一片宽广的湖泊;然后换乘平底汽船(因为这里水不够深)航行一整夜;接着穿过一条狭窄的水道,进入另一片宽广平静的水域。到达航程的终点时,又是夜晚了。这时你坐上舢板,在红树林中沿一条弯弯曲曲的水道向前划行。天上一轮满月,在夜色中清晰地勾勒出沿岸树木的轮廓,你似乎不是在穿越一个真实的国家,而是在穿越剪影师的奇幻之境。最后你来到一个脏乱的船民的小村庄,这里的人们都住在船屋里;上岸后,你沿着河边驶过椰子、槟榔和芭蕉种植园,河流这时已经变成了一条浅浅的小溪(就像童年的那条乡间的小溪,星期天你常去溪里捉小鱼,把它们放在果酱罐里),终于,你看到吴哥寺巍峨的宝塔的巨大黑影赫然出现在月光下。

写到这里,我深感沮丧。我从未见过世上有比吴哥的寺庙更令人惊叹的景象,但我的一支拙笔如何能将它们的雄奇壮丽描绘出万一,哪怕最敏锐的读者从中至多也仅能得到一点混乱而模糊的印象。当然,对一位以欣赏玩味文字的读音和它们在纸上呈现的形态为乐的语言大师来说,这将是一个多么难得的机会,可以创作出一篇气势恢宏、秾艳多姿、庄严和谐的散文。对他来说,用连绵的词语复制那些建筑的连绵的线条,用对称的段落表现它们对称的布局,用丰富的词汇比拟它们丰富的装饰,这是何等的愉快!找到合适的词语,放到恰当的位置,赋予句子以他在那堆灰色石头中看到的相同的节奏,这一过程令他陶醉;偶尔想到一个不同寻常、正中鹄的的词语,将他独具慧眼观察到的颜色、形状和奇特转化为另一种形式的美,则更会令他欣喜若狂。

可惜,我在这种事上没有一丁点才能,而且——无疑是因为我自己做不来——我也不大喜欢别人的这种才能。一点点就让我受不了。罗斯金①的文章我读一页尚觉愉快,读十页就只有厌倦;读罢沃尔特·佩特②的一篇散文,我便了解了被你从鱼钩上取下,躺在岸边的草丛中绝望地拍打尾巴的鳟鱼的感受。我钦佩佩特用一小片一小片的玻璃巧妙地将他的风格的马赛克拼合起来的匠心,但那令我厌烦。他的散文就像二十年前美国的那些颇具时代感的房子,到处装饰着热那亚天鹅绒和木雕,你绝望地环顾四周,找不到一个角落可以放下你的空杯子。我比较能够忍受这类富丽堂皇的文字出自我们先辈的笔下。堂皇的风格适合他们。托马斯·布朗爵士的华丽文风令我肃然起敬;如同徜徉在一座雄伟的帕拉第奥③式宫殿中,天花板上是韦罗内塞④绘制的壁画,墙上是精美的挂毯,美则美矣,却没有家的感觉。你无法想象在如此华美庄严的环境中做自己的日常工作。

我年轻时曾费尽心思想要养成一种风格;我常去大英博物馆记下珍稀宝石的名称,好为我的文章增光添彩,我还会去动物园观察鹰的神态,或是徘徊于出租马车停车场,看马咬马嚼子的动作,为的

---

① 约翰·罗斯金(1819—1900),英国艺术评论家。
② 沃尔特·佩特(1839—1894),英国文艺批评家,散文作家。
③ 安德烈亚·帕拉第奥(1508—1580),意大利建筑师,发展了新古典主义建筑风格。
④ 保罗·韦罗内塞(1528—1588),意大利文艺复兴后期威尼斯画派主要画家,以擅长运用华美色彩著称。

是偶尔在文中插入一则巧妙的隐喻；我列出许多与众不同的形容词，以便在意想不到的地方将它们派上用场。但这都是白费力气。我发现自己不是这块料；我们下笔不是从心所愿，而是受限于自己的能力，尽管我对那些幸运地拥有辞采天赋的作家怀有最大的敬意，我自己却早已无奈地安于尽可能平实的写作。我的词汇量很小，我能用它勉强应付，恐怕只因为我看事物的眼光不够细腻。我想也许我是带着某种强烈的情感看待它们的，我感兴趣的不是用文字说明它们的外观，而是传达出它们带给我的感受。如果我能像写电报一样简短而不加修饰地把这种感受写下来，我就知足了。

三十七

在我溯河而上穿越大湖的旅途中,我阅读了法国博物学家亨利·穆奥①所作的《印度支那游记》,他是第一个详细描述了吴哥遗址的欧洲人。他的书读起来很有趣。他的叙述一丝不苟直截了当,非常具有那个年代的特点,当时的旅行家们依然真诚地相信,那些不像他们那样穿衣、吃饭、说话和思考的人不仅古怪,而且几乎不能算作人类。穆奥先生讲述的许多事情已经难以引起我们今天那些更加见多识广也更为谦逊的旅行者的惊讶。不过显然他并非总是正确无误,我手头的这本书上就有某位后来的旅行者用铅笔作的批注。这些更正简洁工整,字迹坚定有力,但其中的"此言差矣""远非如此""大错特错""明显谬误"究竟是出于对真实的无私的向往,希望给未来的读者以正确的指引,抑或只是出于一种优越感,我无从判断。然而,可怜的穆奥也许有充分的理由要求得到一些宽容,因为他在旅行结束之前便已离世,没有机会修改和解释他的笔记。以下是他日记中的最后两条记录:

19日——开始发烧。

29日——上帝啊,发发慈悲…!

还有他去世前不久写的一封信的开头:

琅勃拉邦(老挝)
1861年7月23日

亲爱的詹妮,咱们一起说说话吧。当周围的人们都已入睡,我独自躺在蚊帐中任思绪飘回家人们的身边时,你知道我常常想起什么?我仿佛又听到了我的小詹妮那迷人的声音,仿佛又听到了《茶花女》《纳尔逊之死》或是其他一些我最爱听你唱的歌曲。回忆起幸福——哦,多么幸福!——的往昔,我在怅然若失中又感到一丝喜悦。于是我打开纱帐,点燃烟斗,遥望星空,轻轻哼唱起贝朗瑞②的《牧人》或那首《老中士》……

从画像上看,他神情豁朗,留着浓密拳曲的络腮胡和长长的八字须,稀疏的鬈发使他的额头显得非常宽大。穿着双排扣礼服大衣的他看起来更为可敬,而少了些浪漫气息,但戴上缀有长流苏的贝雷帽时,他的表情就变得勇猛,并带有一种天真的残忍。那样的他很适合在六十年代的戏剧中担任海盗的角色。

但是,如今的游客可以如此方便地游览的吴哥寺与迎接亨利·穆奥无畏的目光的吴哥寺已经大不相同了。如果你实在好奇,想知道这座令人惊叹的历史遗迹在修复工作开始之前的样子,不妨沿一条狭窄的小径走进丛林,不久就会见到一座覆盖着地衣和苔藓的巨大的灰色入口,你可以从这里得到一点切实的感受。在入口上端的四个面上,从漫漶的石刻中隐约浮现出湿婆漠无表情的脸。在入口的两侧,丛林半掩之中,是一堵巨大的围墙的遗迹,在它的前面是一条被杂草和水生植物壅塞的宽阔的护城河。从入口进去,你发现自己来到了一个巨大的庭院,到处散落着雕像的碎片和雕刻痕迹依稀可辨的绿色石块;你轻轻走在褐色的落叶上,它们在你脚下发出微弱的叹息。这里生长着高大的树木、各种灌木和潮湿的野草;它们生长在摇摇欲坠的砖石结构中,迫使它逐渐解体,它们的根像蛇一样在石质土壤的表面扭动。庭院四周是残破的走廊,你冒险登上陡

---

① 亨利·穆奥(1826—1861),法国博物学家,以重新发现吴哥闻名。
② 皮埃尔·让·德·贝朗瑞(1780—1857),法国诗人,民歌作家。

峭、湿滑、破碎的台阶,小心翼翼地穿过湿漉漉的、弥漫着浓重的蝙蝠臭气的过道和有拱顶的房间;神像脚下的基座翻倒在地上,神像已经不知去向。在走廊里和阶梯上,热带植物疯狂地生长。不时可见巨大的石雕岌岌可危地悬在半空。不时可在奇迹般仍留在原处的浅浮雕上看到覆盖着地衣的跳舞女郎以永恒不变的狂放舞姿嘲弄地站在那里。

几个世纪以来,自然向人类的造物发起了挑战;它覆盖、损毁、改变了它,使它面目全非,现在,所有这些耗费了大量奴隶无数辛劳的建筑全都化作了林中的一地狼藉。眼镜蛇在这里潜伏,你在周围的石头上可以看到它们破碎的形象;鹰在头顶高飞,长臂猿在枝头跳跃;在这绿意沉沉的幽暗中,走在遮天蔽日的浓荫下如同漫步在海底。

有一天,时近黄昏,我正在这座寺庙散步,因为这片废墟带给我一些令我好奇的特别的感受,这时突然遭遇了暴风雨。看到大片的乌云在西北方向聚集时,我还在想,我再也不会看到这座丛林中的寺庙比现在更神秘的样子了,但没过一会儿,我就在空气中察觉到一丝异样,抬头一看,只见满天乌云突然向丛林俯冲下来。雨顷刻落下,继之以雷声,不是一声响雷,而是滚滚雷声在天空中回荡,令人目眩的闪电凌厉地划过长空。雷声震耳欲聋,闪电令人心惊。这里的雨不像温带的雨那样平和,而是带着狂暴的激情倾盆而下,雨势之大有如天湖下泄。它似乎不是以盲目的无意识的力量落下,而是带着一种目的和恶意,太像是人的目的和恶意。我站在门洞里,十分惊恐,闪电划破黑暗的帷幕,我看见丛林在我面前无边无际地伸展,在我看来,这些宏伟的庙宇和它们供奉的神明在大自然的狂暴力量面前全都显得微不足道。它的力量如此明显,它的声音如此严厉而坚决,不难理解人们为什么创造出神明并为其建造巨大的神庙,作为他自己和那股令他恐惧的毁灭性力量之间的屏障。因为大自然是所有神明中最强大的。

三十八

如果读者因这场狂风暴雨而感到有些迷茫,我现在就言归正传,列出一些大家普遍感兴趣的事实,以供参考。吴哥曾经是一座规模宏大的城市,一个强大帝国的首都,在周围十英里范围内的丛林中,星罗棋布地散落着曾经装点过它的寺庙的遗迹。吴哥寺只是这众多寺庙之一,之所以吸引了考古学家、修复专家和旅行者的更多关注,只是因为当它被西方发现时,损毁程度较小一些而已。没有人知道为什么城市会突然被遗弃,人们甚至在采石场中发现了准备用于某座未完成的寺庙的石块。专家们试图寻找一个合理的解释而始终未果。

一些寺庙似乎遭到了大规模的恶意破坏,有人提出过一个大胆的观点:在统治者因某次战斗失利而逃离这个国家后,那些世代用生命建造这些巨大建筑的可怜的奴隶,出于报复,毁坏了他们被迫以血汗建造的东西。这只是一种猜测。唯一可以确定的是,这里曾经是一个人口众多的繁华城市,如今除了几座残破的寺庙和茂密的森林,一切荡然无存。当地的房屋是木头做的,用一个小院子围住,就像我最近在景栋看到的房子一样,用不了多久就会朽烂;丛林在被人类活动暂时压制了一段时间后卷土重来,像一片不可阻挡的绿色海洋,淹没了人类徒劳地活动过的地方。十三世纪末,它是东方的一座大城市;两百年后,它成了野兽的乐园。

吴哥寺坐东朝西,太阳从最高的五座宝塔的正后方升起。寺庙外环绕着宽阔的护城河,可以从一条用石板铺成的宽大的堤道过河。平静的水面上清晰地倒映着秀丽的树影。

这是一座壮观而不甚美丽的建筑，需要落日的余晖或银色的月光赋予它一种动人心弦的美。它的颜色灰中带绿，表面那层淡淡的绿色是它经历过的所有雨季留下的苔藓和霉菌的颜色，但在日落时，它是暗黄色的，浅淡而温暖。黎明时分，当大地沐浴在银色的薄雾中时，那些宝塔显得亦真亦幻，此时的它们具有一种在正午刺眼的白光下所没有的轻灵缥缈。一天两次，在日出和日落时奇迹出现，它们获得了本不属于它们的美。它们是神明的高大城堡的神秘之塔。寺庙及其附属建筑是按照严格的几何布局建造的。这一部分与那一部分对称，这一边与那一边均衡。建筑师们没有发挥伟大的创造力，而是按照他们的宗教仪式所规定的样式建造。他们既没有天马行空的幻想，也没有生气勃勃的想象。他们不会向突如其来的灵感让步，他们深思熟虑。他们通过规整和规模达到他们想要的效果。当然，现代人由于见惯了如今那些轻而易举便可建成的巨大的旅馆、高大的公寓之类的高楼大厦，眼光已经发生了变化，吴哥寺的宏伟需要动用一点想象才能体会得到；但对当时的人们来说，它无疑是极其壮观的。从寺庙的一层通往另一层的陡峭的阶梯带给它独特的高峻之感。它们不是西方那种宽大华美的台阶，适合列队行进的盛大场面，而是艰难又急切地攀登到神秘的神明面前的一条通道。它们使神显得遥远而莫测。每一层有四个巨大的下沉式水池，池内是用于净化身体的水，出现在那样特别的高处的水一定会特别地使人增添几分静默和敬畏。这种宗教的寺庙平时空荡荡的，神独自居住，只有在固定的时间，虔诚的信众才会带着礼物来安抚他。如今，这里已经成了无数只蝙蝠的家，空气中弥漫着它们的恶臭；在每个黑暗的走廊和昏暗的房间里都能听到它们吱吱的叫声。

这种平板的建筑式样给了雕刻工匠充分的装饰空间。柱头、壁柱、门楣、门洞和窗户都用丰富得超乎想象的雕刻进行了装饰。雕刻的主题不多,但他们在这些主题上渲染出许多美妙的作品。在这里,他们拥有创作的自由,他们带着创造的激情,将他们躁动的灵魂的所有探险全都塞进了狭窄的题材之中。当你在一座座寺庙间游览时,仔细观察这些无名工匠的风格如何在数百年间由粗犷有力转向极致的优美,以及他们如何从最初的为装饰而装饰不顾整体效果,到后来终于学会让自己服从全局,是很有意思的事情。他们在力量上的损失,在品味上得到了补偿,至于哪一种更为可取,那就见仁见智了。

那些长廊以浅浮雕装饰,它们漫无尽头,它们举世闻名;但尝试描述它们就像尝试描述丛林一样可笑。这边有骑着大象的王子,头上撑着伞盖,在优美的树丛中前进;同样的画面沿着墙面不断重复,就像墙纸上的花纹那样,构成一组令人愉悦的图案;那边有长长的士兵队伍,齐步走向战场,他们手臂的姿势和腿部的动作与柬埔寨舞蹈中的舞者一样中规中矩。但他们加入战斗,动作变得狂暴起来;就连垂死的人和死人的身体也都狂热地扭曲着。在他们上方,首领们挥舞着剑和长矛,乘着大象和战车前进。你能感受到那种不受约束的行为,感受到战斗的混乱和紧张,一种令人窒息的感觉,一种骚动和无序,让人感到无限好奇。每一寸空间都被人物、马匹、大象和战车填满了,看不出什么布局和章法,只有战车的轮子可以让你的眼睛在这片混乱中稍事休息。你在画面中找不到节奏。因为那些工匠追求的不是美,而是动感;他们不在乎姿态的优雅或线条的纯粹;他们拥有的不是在平静中回忆起来的情感,而是一种不容限制的活跃的激情。这里没有希腊人的和谐之美,只有湍急的溪流的不息奔腾和丛林生活的艰难严酷。然而,这里依然不乏像埃尔金大理石雕①一样可爱的作品,如果你看着它们却感受不到由纯粹的

---

① 指一些雅典雕刻及建筑残件,于19世纪由英国伯爵托马斯·埃尔金运至英国。

美带来的狂喜,那么你实在有些愚钝。但可惜的是,这类优秀作品只出现了很短一段时间;其余的大都画面拙劣图案单调。那些雕刻工匠似乎满足于代复一代因循守旧模仿前人,令人不禁惊讶,他们竟没有因为纯粹的无聊而偶尔尝试新的花样。那些绘制它们的精细图样的绘图员可以从大同中看出许多小异,但那就像是一篇文章被一百个人传抄时产生的差异。笔迹不同,内容却保持不变。我信步而行,郁闷地看着这许多无趣的东西,真希望身边有一位哲学家,可以向我解释为什么人不能永远停留在一个地方。为什么,我想问他,在见识过最好的之后,他还可以如此心满意足地安于平庸?是环境——抑或天赋,个人的天赋——将他暂时提升到令他无法轻松呼吸的高度,以至于他甘愿重新落回熟悉的平地?人是否像水一样,在力的作用下可以上升到某个人为的高度,而一旦外力消失,就会迅速恢复到原来的水平?他的正常状态似乎是与他的环境相适应的最低文明状态,他可以以这种状态世世代代保持不变。这位哲学家也许会告诉我,只有少数种族能够将自己提升到尘埃之上,而且只能保持很短的时间;即使他们清楚地知道他们的状态不同凡响,他们也会释然地退回到仅比野兽稍好一点的状态。如果他这样说,我会继续问他,人是否不可能臻于完美。但如果他说,好啦,别在那儿胡思乱想了,咱们去吃点东西吧,我应该会虚心地接受。我会对自己说,也许他有静脉曲张,站久了腿疼。

三十九

　　我在吴哥的最后一天到来了。离别在即,我有些黯然神伤,但我现在知道,它是那种无论你停留多久都舍不得离开的地方。我那天看到的东西我此前已经看到过十几次,但从未感得如此深切;当我漫步在灰色的长廊上,不时透过门洞看到外面的丛林时,我所见的一切都焕发出一种新的美感。寂静的庭院有一种神秘感,使我想流连得更久一些,因为我感觉自己即将发现某个奇特而隐晦的秘密;似乎有一支旋律在空气中颤动,但声音太低,耳朵捕捉不到。寂静仿佛是这些庭院中的一个有形的住客,你转过身就可以看到,我对吴哥最后的印象和最初的印象一样,都是无边的寂静。看着将这巨大的灰色建筑群团团包围的丛林,阳光下郁郁葱葱生机盎然的丛林,一片斑斓的绿色海洋,想到在我的周围曾经矗立过一座人口众多的城市,我的心里有一种说不出的奇异感觉。

　　当晚,有一队柬埔寨舞者在寺庙的平台上跳舞。男孩们手持一百支点燃的火把,护送我们走过堤道。这些火把由松脂制成,在空气中散发着辛辣而宜人的香气。火把在平台上围成一个大圆圈,火光摇曳闪烁,在圆圈中央,舞者们踏着奇异的舞步。隐没在黑暗中的乐手用笛子和锣鼓奏出含混而有节奏的音乐,听得人心情烦乱。我的耳朵不安地等待着这些在我听来完全陌生的和声的解决[①],但始终没有等到。舞者们穿着色彩鲜艳的紧身衣裙,头上戴着高高的金冠。如果是白天,这身装束无疑会显得十分花哨,但是在那摇曳的火光中,它们却呈现出一种在东方难得一见的华丽和神秘的感觉。她们漠无表情的脸上搽着厚厚的白粉,看上去就像面具一样。

她们凝固的表情不容任何情绪和闪念的打扰。她们的手很美,十指尖尖,舞蹈中细腻复杂的手势突显了它们的优雅。她们的手就像珍稀美丽的兰花。她们的舞蹈动作一板一眼,神圣而庄重。她们就像复活的神像,依然充满了神性。

那些手势,那些舞姿,与古代匠人在寺庙石壁上雕刻的舞女一模一样,一千年来都没有改变。你会看到与眼前正在起舞的舞者完全相同的优雅灵动的纤细手指,完全相同的弯成弓形的苗条身躯在每座寺庙的每一面墙壁上反复出现,令人赏心悦目。难怪金冠下的她们这样庄重,因为她们承载着如此悠久的传统的重量。

舞蹈结束了,火把也熄灭了,一小群人脚步杂沓地消失在夜色中。我坐在矮墙上,最后看一眼吴哥寺的五座宝塔。

我的思绪回到了一两天前参观过的一座寺庙。它叫巴戎寺。令我惊喜的是,它不像我见到的其他寺庙那样千篇一律。它由许多对称排列、层层上升的塔组成,每座塔都是一尊毁灭之神湿婆的巨大的四面头像。它们围成层层相套的圆圈,神的四张脸上戴着装饰精美的王冠。中间是一座高耸的巨塔,整个塔身直到顶端都是由这些脸堆叠而成。它饱受岁月和风雨的侵蚀,塔身长满了爬藤和寄生灌木,以至于乍一看去,完全看不出什么形状,只有在细看之下,那些沉默、凝重、漠然的面孔才会从乱石丛中显现出来。然后它们便将你包围了。有的正对着你,有的在你旁边,有的在你身后,一千只视而不见的眼睛注视着你。这种注视似乎来自遥远的远古时期,而在你的周围,丛林在疯狂地生长。无怪乎农民在经过时都会大声唱歌以吓退鬼魂;因为傍晚时分这里安静得可怕,那些安详却似乎潜藏恶意的面孔令人毛骨悚然。夜幕降临,这些面孔隐没在乱石之

---

① 指和声中不协和音向协和音的转向。

中,只有一片被夜色笼罩的奇形怪状的塔林留在你的眼前。

不过,我写这座寺庙并不是因为它本身——尽管下笔有些迟疑,但我已经描写得足够多了——而是为了寺中一条长廊上的浅浮雕。这些浮雕不是很精美,雕刻它们的工匠显然对形体和线条缺乏感觉,但它们却别有一种趣味,使我直到此刻仍记忆犹新。它们描绘了当时的日常生活图景——淘米煮饭,烹制食物,捕鱼捉鸟,村肆买卖,看病就医,简而言之,就是普通民众的各种日常活动。令人惊讶的是,一千年来他们的生活几乎没有变化。他们仍然用同样的工具做着同样的事情。他们以同样的方式舂米碾米,乡村小店的店主用同样的托盘出售同样的香蕉和甘蔗。这些坚忍勤劳的人们与他们多少世代以前的祖先一样担负着同样的生活的重担。许多世纪过去了,在他们身上没有留下任何痕迹,如果十世纪的某个沉睡者此时在柬埔寨的一个村庄中醒来,他会发现自己对这里淳朴的日常生活十分熟悉。

这时我想到,在这些东方国度,最令人难忘、最令人惊叹的古代遗迹不是寺庙,不是城堡,不是长城,而是人。那些沿袭着古老习俗的农民属于一个远比吴哥寺、中国的长城或埃及金字塔更为古老的时代。

四十

在那条小河的河口，我再次登上平底汽船穿越宽阔的浅湖，然后换了另一艘船，沿另一条河顺流而下。最终我抵达了西贡。

尽管这里的中国城自法国人占领安南以来一直在发展壮大，尽管有许多当地人在人行道上漫步，或者戴着熄烛器形状的宽大草帽在街上拉人力车，西贡仍具有法国南部外省小城的全部风貌。这里有宽阔的街道和漂亮的行道树，街上的熙攘喧闹与英国在东方的殖民城镇的熙攘喧闹大不相同。这是一个欢乐的、微笑的小城。它有一座闪闪发亮的白色歌剧院，以第三共和国①的奢华风格建造而成，面向一条宽阔的大道；还有一座崭新的、非常气派的市政厅，装饰华丽。旅馆的外面是露台，到了喝开胃酒的时间，露台上坐满了留着胡子、频频打着手势的法国人，一边喝着他们在法国喝的那些甜腻腻的饮料、黑加仑苦艾酒、皮尔酒和金鸡纳杜博尼酒，一边用法国南部米迪地区抑扬顿挫的口音聊个不停。与当地剧院有些关系的衣着入时的可爱女士用她们那描画过的眉毛和搽了胭脂的脸颊为这遥远的地方带来一丝令人愉悦的时髦气息。在商店里，你可以找到来自马赛的巴黎服装和来自里尔的伦敦帽子。两匹小马拉的维多利亚马车在街头疾驰而过，汽车嘟嘟地按着喇叭。阳光从万里无云的天空中倾泻而下，阴凉处同样又闷又热。

西贡是个足以让人愉快地消磨几日时光的地方；对休闲旅游者而言，这里的生活颇为舒适；坐在大陆酒店露台的遮阳蓬下，头顶上吹着电风扇，面前放着一杯可以怡情的饮料，读着当地报纸上关于殖民地事务的激烈争论和地方上的社会新闻，实在惬意得很。

可以从头至尾读完所有广告而无需为浪费时间感到不安,这种感觉令人愉悦,在这样的阅读中,一个人如果不能随处发现骑着爱好的竹马在时间和空间的王国快意驰骋的机会,那他一定是个无趣的人。不过我并未在此久留,待到可以搭船去顺化时就离开了。

顺化是安南的首都,我去那里是为了观看即将在皇宫举行的中国新年的庆祝活动。但顺化位于一条河上,需要从土伦②港下船前往。我乘坐的邮轮——一艘为热带地区旅行做了适当准备,有着宽敞的空间、良好的通风和充足的冷饮的干净舒适的白色客轮——在一天凌晨两点将我放在了那里。它在距离码头七八公里的海湾里下锚停泊,我上了一只舢板。驾船的有两个妇人、一个男子和一个小男孩。海湾里风平浪静,头顶上繁星闪烁。我们划入夜色之中,码头上的灯光显得极其遥远。小船进水严重,时不时便会有一个妇人停下手中的桨,用一只空煤油桶把水舀出去。微微有了一丝风影,她们立刻竖起一张竹席制成的大直角帆,但风太轻,对我们帮助不大,这段旅程看似要持续到天亮。在我看来,它可能永远也不会结束。我躺在竹席上吸着烟斗,不时打一个小盹儿,醒过来重新点上烟斗时,火柴的亮光短暂地照亮了蹲坐在桅杆旁的两个妇人黝黑的胖脸。掌舵的男子说了声什么,一个妇人答了一句。然后又是一片寂静,只有我躺着的船板下方传来唰唰的轻微的水声。夜里很暖和,我只穿着衬衫和卡其裤都不觉得冷,空气像花瓣一样触感温柔。我们在夜色中抢风航行了很久,然后改变方向慢慢驶向河口。沿途经过的渔船有的停泊在水上,有的正静悄悄地驶入河中。河的两岸黑暗而神秘。男子吩咐一声,两个妇人降下笨重的帆,再次划

---

① 法兰西第三共和国,存在于1870年至1940年间。
② 越南中部港市岘港的旧称。

起桨来。我们到了码头，水太浅，船无法靠岸，我不得不让一个苦力背我上岸。这种做法在我看来总是既可怕又不体面，我紧紧搂住苦力的脖子，我知道那副模样同我的身份很不相称。旅馆就在马路对面，苦力们扛着我的行李。刚到早上五点，天还黑着，旅馆的人尚未起床。苦力们砰砰打门，过了好一会儿，总算有一个睡眼惺忪的仆人过来开了门。其余的仍横七竖八地躺在台球桌和地板上酣睡。我要了房间和咖啡。新鲜的面包刚刚烤好，在经历了穿越海湾的漫长旅程之后，法式牛奶咖啡配上新出炉的热腾腾的面包卷来得正是时候，是我不常有运气吃到的一顿美餐。我被领到一个又脏又破的小房间，蚊帐上满是污垢和破洞，床上的被单自上次洗过之后，不知有多少旅行推销员和法国政府官员在上面睡过。但我不在乎。我好像从未以如此浪漫的方式抵达过任何地方，我不禁猜想，这必定是一场难忘的经历的序幕。

然而，有些地方唯一的要义就在于抵达；它们许诺给你最奇妙的心灵探险，而提供的却不过是一日三餐和去年的电影。它们就像一张充满个性的脸，令你着迷，令你兴奋，但进一步了解之后，你便会发现，那不过是一个庸俗灵魂的假面。土伦便是如此。

为了参观收藏有高棉雕塑的博物馆，我在那里待了一个上午。读者或许还记得，我在写到金边的一尊雕像时，变得特别能言善道（对于一个不大喜欢别人滔滔不绝并且羞于夸大其词的人来说，那很反常）。这是一件高棉人的作品，而我现在可以提醒读者（或者告诉他，如果他像去印度支那之前的我一样，从不知道高棉人或者其雕塑的存在），这是一个强大的民族，作为印度支那的原住民部落与来自中亚高原的入侵民族的后代，他们建立了一个疆域辽阔的强大帝国。来自印度东部的移民给他们带来了梵文、婆罗门教和他们的本土文化；但高棉人是充满活力的民族，他们拥有创造的天赋，使他们能够将异乡人带来的知识化为己用。他们建造了宏伟的寺庙，并用大量雕塑作为装饰，这些作品的确是建立在印度艺术的基础之上，但在他们的全盛时期，它们所具有的充沛的活力、大胆的手法、丰富的内容和绚丽的想象在东方任何其他地方都找不到。金边的诃利诃罗①像＊就是他们伟大天赋的一个明证。它是一个优雅的奇迹。它使人想起希腊的早期雕像和墨西哥的玛雅雕塑，但它有自己独特的个性。那些早期希腊作品有如朝露一般清新，但它们的美略显空洞；玛雅雕塑有一种原始的气息，但它们令人惊叹而不是赞赏，因为它们依然留有在洞穴幽暗的角落里描下神秘的图画，对他们恐惧或猎杀的野兽施咒的早期人类的影子；而在诃利诃罗像中，你看到的是原始与精致的奇特而神秘的结合。原始的率真被文明的复杂激发出了新的活力。高棉人将悠久的思想传统注入这门突然令他着迷的手艺之中。这就像是在伊丽莎白时代的英格兰，油画艺术从天而降；艺术家们的灵魂满载着莎士比亚戏剧、宗教改革时期的宗教冲突和无敌舰队，开始用契马布埃②的手来作画。制作金边这件雕像的工匠的心境一定也是这样。它简洁有力，线条优美，但它同时具有一种无比动人的精神特质。它不仅有美，而且有智慧。

当你想到散落在丛林中的几座倾圮的寺庙和流散在博物馆里的几件残缺的雕像就是这个强大的帝国和这个躁动的民族的全部遗存时，高棉人的这些伟大作品便会格外令人神伤。他们的力量被摧毁，他们流散四方，做了劈柴挑水的人③，逐渐消亡；如今，他们中余下的人已为征服者所同化，他们的名字只在他们如此不惜物力创

---

① 诃利诃罗是印度教三大主神中的湿婆与毗湿奴合二为一的形态，诃利是毗湿奴的别名，诃罗是湿婆的别名。最早的造像见于公元7世纪的柬埔寨。
② 乔凡尼·契马布埃（1240—1302），意大利佛罗伦萨最早的画家之一，作品从拜占庭风格向空间意识和立体形象过渡。
③ 典出《圣经·旧约·约书亚记》，基遍（Gibeon）人由于欺骗以色列人与之立约，而被问罪罚做奴仆，劈柴挑水。

造的艺术中长存。

＊我对法国官方给出的这尊神像的名字感到有些困惑。我一直以为诃利与诃罗是人们通常所知的湿婆与毗湿奴的别名,而称一个神为诃利诃罗就好像将一位可敬的先生称为克罗斯和布莱克韦尔①。不过,既然我认为专家一定比我懂行,我在提及这尊雕像时自始至终使用了他们给它的名字。②

---

① 英国罐头食品品牌。
② 金边的诃利诃罗像左右两边只有极微细的差别,普通的观者很难看出那是两个神合而为一的产物。

四十一

顺化是一座宜人的小城，有一种类似英格兰西部主教座堂城市的悠闲的氛围，虽然是帝国的首都，却没有宏大的气象。它建在一条大河两岸，由一座桥相连。这里的旅馆是世上最差的之一，肮脏至极，饭菜难吃；但它同时是一间百货商店，从露营装备和枪支弹药、女帽和廉价男装，到沙丁鱼罐头、鹅肝酱和伍斯特沙司，殖民地居民所需的一切这里都能提供；饥肠辘辘的旅行者可以用罐头食品来弥补菜单的不足。城里的居民晚上会来这里喝咖啡和法国白兰地，驻防的军人会来这里打打台球。法国人不顾此地的气候和环境条件，为自己建造了坚固华丽的房子，它们的外观就像巴黎郊区的退休食品杂货商的别墅。

同英国人将英国带往殖民地一样，法国人也将法国带到了自己的殖民地；英国人在受到对他们偏狭保守的指摘时，可以理直气壮地回答，在这方面他们与他们的邻居并没有什么不同。但即便是最潦草的观察者也会注意到，这两个国家在对待殖民地原住民的态度上有很大差异。法国人在内心深处相信人人平等，天下一家。他对此有些羞于承认，他会先行自嘲，以免被人取笑；但他无法摒弃这一信念；他不由自主地感到，那些原住民，无论肤色是黑是棕是黄，与他同样生而为人，有着相同的爱恨、痛苦和喜悦，他无法像对待另一个物种那样对待他们。虽然他不容许自己的权威受到侵犯，并且会坚决处置当地人想要减轻束缚的任何企图，但在日常事务中，他对他们态度友善，没有高高在上的优越感。他向当地人反复灌输他那特有的偏见；巴黎是世界的中心，每个安南年轻人的志向都是一生中至少去一次巴黎;你遇到的几乎每个人都坚信,在法国之外既没有艺术、文学,也没有科学。法国人会和安南人同桌共坐,一起吃喝,一起玩乐。在市场里,可以看到节俭的法国女人挎着篮子和安南主妇挤在一起,激烈地讨价还价。没有人喜欢别人霸占自己的房子,即使他比自己更善于管家,把房子打理得比任何时候都好;即使主人为他安装了一部电梯,他也不想住在阁楼上;我不认为安南人比缅甸人更喜欢外国人占领他们的国家。但我应当说,缅甸人对英国人只是尊敬,安南人对法国人却是爱戴。随着时间的推移,当这些民族终将不可避免地重获自由时,究竟哪种情感结出了更好的果实,让我们拭目以待。

安南人的外表讨人喜欢,他们非常瘦小,有着扁平的黄色脸孔和明亮的黑眼睛,衣着漂亮整洁。穷人穿的是与肥沃土壤颜色相同的褐色,一件侧面开衩的长袍,长裤,腰间系一条苹果绿或橙色的腰带,头上戴一顶大而平的草帽或者折得整齐小巧的黑色头巾。富人戴着同样整齐的头巾,穿白色长裤,黑色丝绸长袍,有时罩一件镶花边的黑色外套。他们的服装非常优雅。

尽管在所有这些地方,人们的服装都因其独特而吸引了我们的目光,但在同一个地方,每个人的穿着都大致相同;他们的服装是统一的,通常都很别致,并且总是适合当地的气候,但没有什么机会让他们表现个人的品味;我不禁会想,如果一个东方人造访欧洲,看到他身边丰富多彩、令人眼花缭乱的服装款式,一定会大感惊奇。一群东方人就像花农园中的一畦黄水仙,鲜艳却单调;而一群英国人,比如透过一层淡淡的烟雾从上方俯视逍遥音乐会的会场时看到的人群,就像一捧由各色鲜花组成的花束。在东方的任何地方,你都不会看到像在晴日里的皮卡迪利大街上那样生气勃勃、款式繁多的服装。其种类之丰富令人惊叹。士兵,水手,警察,邮差,信童,各有各的制服；男士们或是穿燕尾服戴高筒礼帽，或是穿日常西装戴常礼帽，或是穿运动裤戴便帽，女士们则穿着各种颜色的丝绸、棉布、天鹅绒质地的服装，戴各种形状的帽子。除此之外，还有出席不同场合、从事不同运动时穿的衣服，仆人、工人、骑师、猎人和侍臣的服装也各不相同。我相信，这个安南人返回顺化时，一定会认为他的同胞们的衣着十分单调。

四十二

安南在许多个世纪里都是中国的藩属国,皇帝向天子进贡。这里的文化是中国文化,这里的寺庙是为了纪念孔子而不是为了纪念乔达摩而建。皇宫由护城河和城墙环绕,占地广阔。宫殿建筑是中国式的,但有一种赝品二手货的感觉,陈旧而有些阴郁。沿着一条栽有小树的整齐的道路往前走,路的两边是花园和亭榭。但花园里杂草丛生,乱蓬蓬的灌木像无人照料的孩子,树木也矮小而发育不良。如此荒凉的景象使人很难相信,在某个你看不见的隐蔽地方,在后妃、太监和官员的簇拥下,住着一位在法国控制下进行象征性统治的皇帝。你感觉这种统治是他几乎不会去用力维持的一种假象。继续向前,你会穿过用黄金装饰的色彩俗艳的大殿、摆放皇帝祖先牌位的光线昏暗的长廊,以及陈列着皇帝不时收到的各种礼物的房间,其中有法国钟表和塞夫勒瓷器[①],还有中国的陶瓷和玉器;不过,正如朋友结婚时,送给有钱朋友的贺礼总是比送给穷朋友的贺礼贵重,虽然前者不需要它们而后者需要,送出这些礼物的人对于礼物的厚薄同样经过了精明的考量。

但春节的典礼举行得十分隆重。这是中国新年的庆祝活动,皇帝再次仿效天子,接受百官朝贺。我收到了邀请,早上七点,我尴尬地穿着无尾晚礼服和笔挺的衬衫来到宫门外,发现那里已经聚集了一群与我衣着相似的法国文官和许多身穿制服的军官。法国驻扎长官乘车来到,我们跟随他走进皇宫大院。在开阔的空场上,身着鲜艳奇特制服的士兵一字排开,在他们前面是两列按官阶排列的官员,文官在右,武官在左。再下面一点是太监和皇家乐队,两边各有一头盛装披挂的御象和一名手持伞盖遮护象轿的男子。官员们穿着满人样式的朝服,白色厚底高腰靴,袖子宽大刺绣华丽的丝绸长袍,饰有黄金的黑色官帽。号角吹响,我们这些欧洲人拥入大殿。大殿里很暗。皇帝坐在高台上,身上的金色长袍与金色的宝座和宝座上方金色华盖的金色垂幔融为一体,使人最初几乎察觉不到有一个活人坐在那里。皇帝站起身来。高台的每个角落各有一个手执仪仗扇的蓝衣人,宝座后方是一排穿着深蓝色衣服的仆役,手里捧着御用器皿——槟榔盘、痰盂和另外几样我不认识的物件。前方不远处,两名身着橙色盛装的士兵在身前竖直地握着一柄金剑;他们像塑像一样立在那里,目不斜视。皇帝一动不动地站着,黄瘦的长脸上没有表情,看上去也像一尊塑像。

驻扎长官宣读致辞,皇帝致谢辞。他的声音很尖,没有高低起伏,听起来就像在念经。欧洲人退到大殿的一侧,皇帝落座。宝座前方有一张低矮的供案,皇帝的叔父——一个胡须花白稀疏的小老头,此时将两个好像用红绸包裹的书的东西放在上面。然后,皇帝的两个兄弟在供案前就位,不是面朝皇帝,而是相向而立,与此同时,一直在院中肃立静听致辞的官员也按照官阶位次走到为他们准备的竹席上。他们同样不是面朝皇帝,而是相向而立。乐队开始奏乐,歌队齐声歌唱。这是让两位亲王和院里的官员转身面对皇帝的信号。歌声停顿,亲王和百官跪下,以额触地,动作整齐划一。一面巨大的锣在宫门上方的塔楼上敲响,歌队再次唱了起来。官员们像训练有素的士兵一样动作划一地匍伏在地。这一过程重复了五次。皇帝泰然端坐,对臣下的叩拜没有任何表示,如同一尊黄金偶像。前一天还显得廉价俗气的大殿,此时在那些华衣美服的衬托下,即

---

① 法国北部城市塞夫勒生产的瓷器是法国皇家瓷器。

使没有变得富丽堂皇，至少也多了一分带有蛮族色彩的绚烂。最后，全体官员鞠躬三次，随后便各自散开，亲王们微笑着与他们的法国朋友握手，抱怨他们的袍服太热。皇帝没有多少威仪地走下宝座，快步走进一个类似前厅的地方，朝廷官员和外国人跟在后面。这里站着两排手执伞盖和各色仪仗的士兵，一队绿衣侍从击鼓吹笛，劲头十足地敲着铜锣。甜香槟与饼干、甜点和雪茄一起被递给众人。不一会儿，皇帝被十二个红衣人用一乘肩舆——一把低矮的鎏金圆椅——抬走了。仪式到此结束。

晚上，我参加了在皇宫举行的宴会。皇帝和驻扎长官坐在大殿正门处的两把鎏金大扶手椅上，来宾们聚集在周围。院子里点着无数盏小油灯，一支当地乐队在卖力地演奏。三个穿着华丽的中国服饰，好似中国戏曲演员一样的人物登场，跳了一段奇怪的舞蹈。接下来是皇家芭蕾舞团，一大群穿着漂亮的古典服装的青少年男子载歌载舞，使人想起十八世纪关于远东的绘画。他们肩上架着用蜡烛点亮的灯笼，通过复杂的走位组成汉字，祝福皇帝福运绵长。那更像是步兵操练而不是舞蹈，但效果新奇悦目。他们退下，另一批舞者上场，有的扮成大公鸡，嘴里喷吐着火焰，有的扮成水牛和令人生畏的龙，在场上跳跃翻腾；然后是焰火表演，院子里烟雾弥漫，爆竹声响成一片。

当地特色的节目演出到此结束，外国人聚集到自助餐前。宫廷侍从开始用欧洲乐器演奏一步舞曲。外国人跳起舞来。

皇帝穿着绣满华丽图案的黄色丝绸短袍，头上戴着黄色头巾。他三十五岁年纪，比大多数安南人高，非常瘦削。他的脸异常光滑。他看起来弱不禁风却显得气度不凡。我对这次宴会的最后一个印象是他漫不经心地靠在桌子上，吸着香烟，和一个年轻的法国人聊天。他的眼睛不时在舞姿笨拙的征服者身上漠然停留片刻。

夜已经深了,拂晓我就要动身,坐车去河内。此时再去睡觉似乎意义不大,坐人力车回旅馆的路上,我问自己为什么不去河上消磨余下的夜晚。只要能在出发前及时回旅馆洗澡、换衣服,喝一杯咖啡就行。我向车夫说明了我的意图,他拉我去了河边。桥下就是一个浮码头,旁边泊着六七只舢板。舢板的主人都在船上睡觉,不过其中有一个人睡得很轻,听见我走下石阶,他醒了,从裹着的毯子里探出头来。人力车夫和他讲了几句,他起身,喊醒睡在船上的妇人。我上了船。妇人解开缆绳,小船滑入河中。这种船有一个用竹席做的低矮的半圆形船篷,人在下面刚刚能够坐直,船板上也铺着竹席。船舱可以用遮板关上,不过我叫船家留下前面的舱口,好欣赏船外的夜色。高高的夜空中群星闪烁,仿佛天上也在举行一场宴会。船夫给我拿来一壶中国茶和一只茶杯。我倒了些茶,点上烟斗。船行得很慢,只有桨声打破夜的岑寂。想到前面还有好几个小时可以享受这种安宁的时光,我感到非常愉快;我想,等我回到欧洲,重返城市冰冷的牢笼,我会记得这个完美的夜晚和这份迷人的孤独。这一夜将会成为我最难忘怀的记忆。这是个千载难逢的机会,我对自己说,一定要收藏经过的每个瞬间,一刻也不能浪费。我是在为自己积累财富。我想着我将思考的所有题目,想着我将细细品味的那一缕闲愁,就像细细品味一年中初次尝到的香甜的草莓;我将思索爱情,构思故事,思考艺术和死亡等美好事物。桨轻击水面,我可以感到船在滑行。我下定决心,留意并珍惜每一个浮上心头的细腻感觉。

突然间我感到猛地一震。怎么回事？我向外一看,天光已经大亮。刚才的震动是船撞在了浮码头上,我们又回到了桥下。

"天哪,"我叫出声来,"我睡着了。"

我把一整夜都睡过去了,身边是已经冷掉的茶水,烟斗也已从嘴边滑落。我错过了所有那些无价的瞬间,酣睡了好几个小时。我气极了。我可能再也没有机会在东方的河流上乘着舢板整夜泛舟了,我再也不会有我所期待的那些精彩的想法和无与伦比的感受了。我付了船钱,依然穿着晚礼服,跑上台阶回了旅馆。我租的车子正在门口等我。

四十三

　　我打算本书写到这里为止，因为我在河内没有发现什么令我感兴趣的东西。河内是东京①的首府，法国人说它是东方最迷人的城市，可是当你问他们原因时，他们的回答是，它与蒙彼利埃或格勒诺布尔这样的法国城市几乎一模一样。我为了坐船去香港而前往的海防是一个无聊的商业城市。虽然可以从这里去下龙湾——印度支那的一处旅游胜地观光，但我已经看够了风景。我满足于坐在咖啡馆里读几本过期画报，或是为了锻炼身体，沿着宽阔笔直的街道轻快地散步，因为这里并不热，我很高兴可以脱掉那身热带装束。海防运河纵横，不时可以瞥见当地丰富多彩的水上生活中缤纷迷人的一景。有一条运河弯成一道优美的弧线，两岸矗立着高大的中式房屋。房屋被粉刷过，但粉白的墙面已经斑驳褪色，与灰色的屋顶一起，在灰白的天空下构成一幅悦目的图画。这幅图画有着褪色的旧水彩画的淡雅，没有特别浓墨重彩的地方，柔和而略显沉闷，使人生出一抹淡淡的忧伤。不知为什么，我想起了年轻时认识的一位老小姐，一位维多利亚时代的遗老，她戴着黑色丝质露指手套为穷人钩织披肩，黑色的给寡妇，白色的给有夫之妇。她年轻时曾遭受过痛苦，但究竟是由于健康不佳还是爱而不得，谁也不清楚。

　　海防有一份本地报纸，小小的一张，纸质泛黄，字体短粗，拿起来的时候油墨会蹭到手指上，报上刊登一些政论文章、外埠新闻、广告和本地消息。报纸的编辑显然处于无稿可发的困境之中，因此将到访或离开海防的欧洲人、本国人和中国人的名字全都登诸报端，我的名字也忝居其列。我的船启航去香港的前一天早上，我正坐在旅馆的酒吧间里喝午餐前的杜博尼酒,侍者进来说有位先生想见我。我在海防并没有认识的人,于是问他来人是谁。侍者说那是个英国人,住在当地,但叫不出他的名字。侍者只会讲很少的几句法语,我听不大懂他说了什么。我有些困惑,但还是叫他带客人进来。过了一会儿,他回来了,后面跟着一个白人男子,他把我指给他看。那人看了我一眼,朝我走来。他个子很高,身高远超六英尺,体型肥胖臃肿,一张红脸,胡子刮得很干净,眼睛是极浅的蓝色。他穿着破旧的卡其布短裤,短外套的领口敞开着,头盔也很破旧。我立刻断定,这是个流落在此的白人流浪汉,打算找我借点钱花,不知道最少用多少钱可以把他打发走。

他来到我面前,伸出一只通红的大手,他的指甲又破又脏。

"我想你不记得我了,"他说,"我叫格罗斯利,是你在圣托马斯医院的同学。我在报纸上一看到你的名字就认出你来了,我想我应该来看看你。"

我对他没有一点印象,但我还是请他坐下来喝一杯。起初,从他的外表判断,我以为他会问我要十块银元,而我大可以只给他五块;可是现在看来,恐怕他会要一百,如果我能用五十块就满足他的胃口,已经很幸运了。那些习惯于借钱的人总会开出两倍于预期的数目,如果按照他要的数目给他,只会令他不满,因为那会让他懊恼没有要得更多。他感觉你欺骗了他。

"你是医生吗?"我问他。

"不是,我在那鬼地方只待了一年。"

他摘下遮阳盔,露出亟待梳理的一头灰白的乱发。他的脸上有一些奇怪的斑点,他看起来不大健康。他的牙齿龋坏严重,嘴角处

---

① 越南北部地区北圻的旧称。

可见牙齿脱落留下的空洞。侍者过来点单时,他要了白兰地。

"把瓶子拿来,"他说,"瓶子,明白吗?"他转向我。"我在这儿住了五年了,可不知怎么,法语就是说不好。我会说东京话。"他把椅子向后仰着,看着我。"我记得你,你知道。你那时常跟那对双胞胎在一起。他们叫什么来着?我想我的变化比你大。我在中国过了大半辈子。气候糟透了,你知道。那对人非常有害。"

我仍然一点也不记得他。我想最好对他照实说。"你和我是同一年级吗?"我问。

"是的,九二级。"

"那是好久以前的事了。"

每年有大约六十名青少年男子进入医院学习;他们大多腼腆,对即将开始的新生活感到不知所措;许多人此前从未到过伦敦;至少对我而言,他们就像白纸上无缘无故掠过的影子。一些人在第一年由于这样那样的原因退学了,留下来的人在第二年开始逐渐拥有了个性。他们不再只是他们自己,而是和你一起听过讲座的同学,是午餐时在同一张餐桌上吃过司康饼和咖啡的伙伴,是在同一间解剖室同一张解剖台上做过解剖的难友,是在沙夫茨伯里剧院的后排座位上一起看过《纽约美人》①的朋友。

侍者拿来一瓶白兰地,格罗斯利,如果他真的叫这个名字,给自己倒了一大杯,不加水和苏打,端起来一饮而尽。

"我受不了医生的工作,"他说,"我放弃了。我家里人对我非常不满,我就去了中国。他们给了我一百英镑,叫我自谋生路。我巴不得离开呢,我跟你说。我想,不光他们烦透了我,我也烦透了他们。从那以后我就再没麻烦过他们。"

---

① 美国剧作家查尔斯·莫顿·麦克莱伦(1865—1916)所作两幕歌舞剧。

这时，从我记忆深处的某个地方，一个模糊的线索悄悄潜入我的意识边缘，就像涨潮时水漫上沙滩，然后退回去，再随着下一波更大的浪涌上前来，我先是依稀记起某件曾经见报的小丑闻，然后看到了一个男孩的脸，接着，那些往事逐渐浮上心头，我想起他是谁了。我相信他当年不叫格罗斯利，我记得他的名字只有一个音节，但我不能肯定。他又高又瘦（我开始清晰地看到他的样子），有些驼背，他只有十八岁，个子长得太快，力量还没有跟上，他有一头拳曲闪亮的棕发，五官鲜明（现在看起来没有那么分明了，也许因为他的脸已变得肥胖臃肿），面色清新，白里透红，像个女孩儿。我想人们，尤其是女性，会认为他是一个非常英俊的少年，但在我们眼中，他不过是个拖着脚走路的笨手笨脚的乡巴佬。接着我想起他经常旷课——不，其实我并不记得，阶梯教室里有那么多学生，我不可能记得谁在谁不在。我想起解剖室。在我旁边的一张解剖台上，他分到了一条腿，但他几乎没有碰过它；我不记得负责解剖其他部位的同学为什么抱怨他失职，也许那多少对他们也有影响。当时，围绕着某个"部位"的解剖有许多流言蜚语，时隔三十年，其中的一些又回到我的记忆中。开始有传言说格罗斯利是个寻欢作乐的人，好酒贪杯，沉迷女色。同学们大都非常单纯，他们把在家庭和学校中养成的观念带到了医院。有些过于保守的学生感到震惊；那些勤于学业的则对他嗤之以鼻，问他怎么可能有希望通过考试；但还有许多人感到兴奋和佩服，他做了他们想做而没有勇气做的事。格罗斯利有他的崇拜者，经常可以看到一小群人围在他身边，张大嘴巴听他的冒险故事。回忆如潮水般向我涌来。在很短的时间内他就褪去了羞涩，摆出一副见多识广的神气。这在他那粉白光洁的孩子气的脸上一定显得十分滑稽。男人们（他们这样称呼自己）经常互相讲述自己的荒唐行为。他成了一位英雄。当他经过标本馆，看见一对认真的学生一起温习解剖学功课时，他会嘲讽他们几句。他是附近那些酒馆的常客，与女招待们混得厮熟。现在回过头去想，刚从乡下出来，离开了父母和老师的管束，他被他的自由和伦敦的花花世界迷住了眼睛。他的放荡并无大碍，不过是出于年轻人的冲动。他被冲昏了头脑。

但我们都是穷学生，不知道格罗斯利靠什么维持他花天酒地的生活。我们知道他父亲是位乡村医生，也知道他每个月给儿子多少钱。那些钱不足以支付他在帕维廉剧院的风流廊座①勾搭妓女和在克莱梯利安酒吧请朋友们喝酒的花销。我们用充满敬畏的语气谈论着，他一定是债台高筑了。他当然可以拿东西去典当，但我们凭经验知道，一台显微镜至多能当三英镑，而一副骨骼标本不过三十先令。我们说他每周肯定至少要花十英镑。我们的想象力实在有限，而这在我们看来已经是奢侈的顶点了。最后还是他的一个朋友为我们揭晓了谜底：格罗斯利发现了一条绝妙的生财之道，既有趣又令人印象深刻。我们都想不出如此巧妙的办法，即使想到了也没有胆量尝试。格罗斯利参加拍卖会，当然不是去克里斯蒂那种大拍卖行，而是去斯特兰德大街和牛津街以及一些私人住宅里的拍卖会，低价买下随便什么便于携带的物品，然后拿到当铺，以高于买价十先令或一英镑的价格当掉。他每周可以赚四五英镑。他说他打算放弃学医，正式以此为业。我们谁都不曾挣过一个便士，因此对格罗斯利十分钦佩。

"天哪，他可真聪明。"我们说。

"非常聪明。"

"这就是那种会成为百万富翁的人。"

---

① 风流廊座是剧场中一处设有茶座的公共休息区，是带有风月色彩的场所。

我们全都做出一副老于世故的模样——十八岁时,对于生活中我们不了解的那些东西,我们认为根本不值得了解。遗憾的是,当考官问我们问题时,我们常常会紧张得将头脑中的答案登时忘得一干二净,而当护士请我们代为寄信时,我们也会羞得满脸通红。我们听说教务长曾经找格罗斯利谈话,对他大加申斥,并且威胁说,如果他继续荒废学业,将会受到种种处罚。格罗斯利忿忿不平。他已经受够了学校的那一套,他说,他才不会让一个马脸太监把他当孩子一样对待。去他的吧,他就快十九岁了,你们教不了他什么了。教务长还说,听说他饮酒过度,对身体有害。胡说八道。他和所有同龄人一样能喝,上周六他喝得烂醉,下周六他还要喝个烂醉,如果有人不喜欢,就随他们去吧。格罗斯利的朋友们完全赞同他的看法,男子汉大丈夫不能让人这样侮辱。

然而,现实的打击终于还是到来了,我现在清楚地记得它给我们大家带来的震撼。我们大概有两三天没有见到格罗斯利了,不过由于他早就变得越来越散漫,来医院的时间很不固定,因此即使我们留意到这件事,也只会认为他又出去饮酒作乐了。过一两天他就会再次露面,脸色苍白,却带回一个精彩的故事,关于他结识的某个女孩以及他们共度的好时光。解剖学讲座上午九点开始,我们匆匆忙忙赶到教室。教授滔滔不绝地讲解着人体骨骼的不知哪个部位,对自己晓畅的语言和绝佳的口才显然颇为得意,然而在这个特殊的日子,却几乎没有人听他讲课,因为大家都在座位上兴奋地交头接耳,偷偷传阅一张报纸。教授突然停了下来。他有教书匠所特有的那种刻薄。他假装不知道自己学生的名字。

"恐怕我要打扰那位正在读报的先生一下。解剖学是一门非常枯燥的学科,遗憾的是,根据皇家外科医学院的规定,我不得不要求诸位对这门课给予足够的关注以通过考试。不过,如果哪位先生认因为他做不到这一点,尽管可以去教室外面继续读报。"

受到责备的那个可怜的男孩羞得满面通红,尴尬地想把报纸塞进口袋。解剖学教授冷冷地看着他。

"先生,恐怕报纸太大了一些,放不进你的口袋,"他说,"可否有劳你把它传到我这来?"

报纸从后面一排一排地传到阶梯教室的讲台上,那个可怜的年轻人的窘态并没有让那位著名的外科医生感到满足,他接过报纸,问道:

"请问这位先生,报纸上有什么趣事让你读得如此聚精会神?"

把报纸递给他的那个学生一言不发地指了指我们刚才读的那篇报道。我们安静地看着教授读报。他放下报纸继续讲课。报道的标题是《医学生被捕》。格罗斯利因为典当赊购的物品而被带到治安法官面前。这似乎是一项可提起公诉的罪行,法官将他还押一个星期,不准保释。收购拍卖的物品拿去典当的那套办法似乎并未如他预期的那样给他带来稳定的收入,他发现典当那些无需付钱便可到手的东西更加有利可图。讲座一结束,我们就兴奋地讨论起来。不得不说,没有财产的我们对财产的神圣性缺乏认识,谁都没有把他的罪名看得十分严重,但出于年轻人对可怕事物的天然爱好,我们大都认为他的刑罚会在两年苦役到七年劳役之间。

不知何故,我对格罗斯利后来的下落似乎没有任何记忆。他可能是在学期即将结束时被捕的,当他的案件开始受理时,我们或许已经放假离校了。我不知道他的案子是由治安法官直接裁定的,还是经过了开庭审理。我感觉他好像被判了短期监禁,也许是六周,因为他的违法交易进行得相当频繁;但我知道的是,他从我们中间消失了,并且很快就不再被人想起。时隔多年,我竟能如此清晰地回忆起这件事情的经过,真让我感到不可思议。这就像翻看旧相册时,忽然从照片上看到某个久已遗忘的画面。

当然,从面前这个头发花白,长着一张斑驳的红脸的粗糙的老男人身上,我再也认不出曾经的那个高高瘦瘦面颊粉红的少年了。他看上去有六十岁,但我知道他其实要年轻得多。我很好奇这么多年来他对自己做了什么。看起来他并没有特别发达。

"你在中国是做什么的?"我问他。

"港口稽查员。"

"噢,是吗。"

这不是什么重要职位,我注意不让自己的语气流露出惊讶。港口稽查员是中国海关的雇员,他们的职责是对各个通商口岸的来往船只进行登船检查,我想其主要目的是为了防止鸦片走私。他们大多是皇家海军的退役水兵和服役期满的士官。我在扬子江上的多个地方都曾遇到他们上船检查。他们同引航员和轮机员关系很好,船长却对他们有些敷衍。他们的中文说得比大多数欧洲人都流利,而且往往会同中国女人结婚。

"离开英国时,我发誓说不发财就不回去。我从未回去过。那时候,只要能招到稽查员,我是说白人稽查员,他们就很高兴,根本不问任何问题。他们不在乎你是谁。要知道,得到这份工作我高兴坏了,因为我当时就快要身无分文了。我做这份工作原本只是为了救急,找到更好的工作就离开,但我一直干了下去,这工作很适合我,我想赚钱,而我发现只要摸清门道,港口稽查员是可以赚大钱的。我在中国海关工作了将近二十五年,当我离开时,我敢打赌,许多专员都巴不得像我一样有钱呢。"

他狡黠地看了我一眼。我好像有点明白他的意思了。但有一件事还是让我放心不下;如果他打算问我要一百银元(我现在已经接受这个数目了),我想他不如痛快地说出来。

"我希望你还留着那笔钱。"我说。

"那是当然。我把所有的钱都投资到上海,离开中国时,我把它全都投到了美国铁路债券上。安全至上是我的座右铭。我太了解那些骗子了,不会让自己冒险。"

我很高兴听他这么说,于是问他是否愿意留下来和我共进午餐。

"不,我想不行。我不大吃午餐,而且我家里人也等着我回去开饭呢。我想我该走了。"他站起来,高大的身躯立在我面前,"不过这样,今天晚上你到我那儿去坐坐好不好?我娶了一个海防姑娘,还生了个孩子。我不大有机会和别人谈起伦敦。你还是不要来吃饭的好,我们只吃本地菜,我想你不会喜欢的。九点钟左右过来,好不好?"

"好的。"我说。

我已经告诉他,第二天我就要离开海防。他叫侍者给他拿张纸来,他好把地址写给我。他用一个十四岁少年的字体吃力地写着。

"让门房告诉你的车夫这是什么地方。我住二楼。没有门铃。敲门就行。好啦,回头见。"

他走了出去,我进去吃了午饭。

晚饭后,我叫了一辆人力车,在门房的帮助下,让车夫明白了我要去哪里。不久,我发现他正带我沿着那条弧线形的运河往前走,就是岸边的房子在我看来好像褪色的维多利亚时代水彩画的那条运河;他在其中一栋房子前停下,指了指门。这栋房子看上去很破旧,周围的环境也很脏乱,我不禁有些犹豫,以为他弄错了。格罗斯利似乎不大可能住在这种当地人的街区,也不大可能住这么破的房子。我叫车夫在外面等着,我推开门,看到前面一道黑洞洞的楼梯。周围没有人,街上也空荡荡的,就像是在凌晨时分。我划亮一根火柴,摸索着上楼;到了二楼,我又划了一根火柴,看到前面有一扇棕色的大门。我敲了敲门,不一会儿,一个拿着蜡烛的矮小的东京女人过来开了门。她穿着穷人穿的土褐色衣服,头上是缠得很紧的黑色小头巾;她的嘴唇和周围的皮肤被槟榔染成了红色,在她开口说话时,我看见她的牙齿和牙龈都是黑色的,这一点让这些人的容貌大为减色。她用母语说了些什么,随后我听到格罗斯利的声音:

"快进来,我就要以为你不会来了。"

我穿过一个昏暗的小前厅,走进一间明显是朝向运河的大房间。格罗斯利正躺在一张长椅上,借着旁边桌上一盏煤油灯的光亮读香港的报纸。我进来时,他从椅子上站起来。

"坐这儿,"他说,"把脚放上来。"

"不用把你的椅子让给我。"

"坐吧,我坐这个。"

他在一张餐椅上坐下,坐定之后,把脚搭在我的脚边。

"那是我妻子,"他说,用拇指指着那个跟着我走进房间的东京女人,"角落里的那个是我的孩子。"

我顺着他的目光望去,看见靠墙的竹席上躺着一个孩子,正盖着毯子睡觉。

"小家伙醒着的时候可活泼了。你要是能见见他就好了。她很快又要生了。"

我看了她一眼,他说的显然是实话。她非常瘦小,手和脚都很小,脸是平的,肤色暗淡。她看起来闷闷不乐,不过也许只是怕生。她走出房间,很快便拿着一瓶威士忌、两个玻璃杯和一瓶苏打水回来了。我环顾四周。后面有一面没有上漆的深色木头隔墙,我猜它是用来隔开另一个房间的;隔墙正中用大头针钉着一张从画报上裁下来的约翰·高尔斯华绥的肖像。他表情严肃而温和,很有绅士风度,不知道他在那里做什么。其余的墙壁都粉刷过,但白色的墙面已经发黄变脏。墙上钉着几页从《图片报》和《伦敦新闻画报》上取下来的图片。

"我把它们挂上去的,"格罗斯利说,"它们让这里看起来像个家。"

"为什么放高尔斯华绥的照片?你喜欢读他的书?"

"不,我不知道他写书,我喜欢这张脸。"

地板上有一两张破旧的藤垫,房间的一角有一大摞《香港时报》。仅有的家具包括一个脸盆架、两三把餐椅、一两张桌子和一张本地式样的柚木大床。整个房间阴郁暗淡,甚是凄凉。

"这地方还不错,是吧?"格罗斯利说,"很适合我。有时我也想过搬家,但现在不会了。"他轻轻笑了笑。"我原本只是来海防四十八小时,结果在这儿一待就是五年。我当时其实要去上海。"

他沉默了。我无话可说,也没有作声。这时那个东京女人对他说了句话,我自然听不懂说的什么,他答了一句。他又沉默了一两分钟,但我觉得他看着我,好像想要问我什么。我不知道他为什么犹豫。

"你在东方旅行时尝试过吸鸦片吗?"他终于开口,漫不经心地问。

"试过一次,在新加坡。我想知道那是什么感觉。"

"然后呢?"

"说实话,并不是特别令人兴奋。我以为我将体会到最细腻的情感。我期待产生幻觉,就像德·昆西①那样,你知道。我唯一的感觉是一种身体上的舒适,就像洗过土耳其浴后躺在凉房里的感

---

① 托马斯·德·昆西(1785—1859),英国散文作家和评论家,吸鸦片成瘾,以作品《一个英国鸦片服用者的自白》闻名。

觉,然后思维变得异常活跃,我想到的所有东西都变得极其清晰。"

"我知道。"

"我真真切切地感到二加二等于四,对此不能有丝毫怀疑。可是第二天早上——老天!我感到头昏脑涨,难受极了,我病了一整天,吐得死去活来,我一边呕吐一边痛苦地对自己说:居然有人把这叫作享受。"

格罗斯利靠在椅背上,干笑了一声。

"我猜你用的是劣等货,要么就是你吸得太猛。他们看你是外行,就把吸过的渣滓给了你。那足以把任何人放倒。你现在想不想再试试? 我这儿有些上等货。"

"不,对我来说一次就够了。"

"你介意我吸一两筒吗? 在这种气候里你需要它。它可以让你不得痢疾。我通常会在这个时间吸几口。"

"请便。"我说。

他又对那女人说了句话,她提高嗓门,粗声喊了些什么。木隔墙后面的房间里传来一声应答,一两分钟后,一个老妇人端着一个小圆托盘走了出来。她干瘪而苍老,进门时咧着染色的嘴朝我讨好地笑笑。格罗斯利站起来,走过去躺在床上。老妇人将托盘放在床上;托盘上有一只酒精灯、一管烟筒、一根长针和一个装鸦片的小圆盒。她蹲在床上,格罗斯利的妻子也上床坐下,背靠着墙,双脚蜷在身子下面。格罗斯利看着老妇人将一小丸鸦片用针挑着放在火焰上,烤到哗哗作响,然后将它塞进烟筒。她把烟筒递给他,他吸了一大口,把烟含住一会儿,然后吐出一团灰色的浓雾。他把烟筒递还给她,她开始做另一筒烟。没有人说话。他接连吸了三筒,然后躺回床上。

"老天,我现在感觉好多了。我刚才乏得不行。这个老太婆,她的烟烧得真好。你确定不来一筒?"

"确定。"

"随你吧。那就喝杯茶好了。"

他对妻子说了一声,她匆忙下床,走出房间。不一会儿,她拿着一个小瓷茶壶和两只中式茶碗回来了。

"你知道,这里有许多人吸鸦片。只要不太过分,它对人没有害处。我每天最多吸二十到二十五筒。只要不超出这个范围,吸多少年都不会有事。有些法国人一天吸四五十筒。那就太多了。除了偶尔想放纵一下,我从不那么干。我必须得说,它从未对我造成任何伤害。"

我们喝茶,茶很淡,微微有些香味,入口很清。老妇人又给他点了筒烟,接着又是一筒。他的妻子已经回到床上,不久就蜷在他脚边睡着了。格罗斯利每次吸两三筒,吸的时候心无旁骛,歇下来就说个不停。我几次想告辞,他都不放我走。时间过得很慢。有一两次,他吸烟的时候我盹着了。他告诉我关于他的一切。他滔滔不绝地说着,我只偶尔搭一句腔。我无法用他的原话转述他告诉我的那些事情。他常常一件事重复讲好几遍。他非常啰嗦,而且讲得颠三倒四,我不得不自己理出一条时间顺序;有时我发现,由于担心自己言多语失,他在有些事上有所保留;有时他会说谎,我只能从他给我的笑容和眼神中猜测真相。在他没有合适的字眼描述他的感受时,我只好从那些俚俗的比喻和老套粗俗的说法中推测他的意思。我不停地问自己他的真名是什么,它就在我的嘴边,我却想不起来,这让我很恼火,尽管我不知道自己为什么要在意这个。他起初对我怀有一份戒心,看得出来,他在伦敦做下的荒唐事和他的牢狱之灾这么多年来一直是压在他心头的一个秘密。他始终提心吊胆,害怕迟早会被人发现。

"真有意思,直到现在你还想不起我是谁,"他狡黠地看着我说,"你的记性一定很差。"

"算了吧,那都是近三十年前的事了。想想看,自那之后我遇到过成千上万的人。你不能要求我像你记得我那样记得你。"

"那倒是。我想也是。"

这似乎让他安下心来。最后,他吸够了,老妇人给自己点上一筒烟。然后,她走到孩子睡的竹席旁,蜷着身子躺下。她一动不动地躺着,我想她大概立刻就睡着了。当我终于告辞时,我发现车夫蜷缩在人力车的脚踏板上睡得很沉,我不得不摇醒他。我知道自己在什么地方,我想透透气活动一下,于是我给了他两个银元,告诉他我要自己走回去。

我从这里带走的是一个离奇的故事。

格罗斯利向我讲述他在中国那二十年的经历时,我听得有些心惊肉跳。他发了财,我不知道是多少,但从他说话的语气判断,我猜大概在一万五千到两万英镑之间,对一个港口稽查员来说,那可是一大笔钱。那不可能是他的诚实劳动所得,虽然我不知道他挣钱的具体门路,但是从他突然的沉默,从他的眼神和暗示,我猜只要有利可图,他不会拒绝任何卑鄙的交易。我想,没有比走私鸦片让他收益更高的了,他的职位让他有机会安全地获利。我猜他的上级官员经常怀疑他,但从未抓到他营私舞弊的证据,因此无法对他采取任何措施。他们只能将他从一个港口调往另一个港口了事,不过这并没有干扰到他;他们监视他,可是他对他们来说太聪明了。我看得出他很矛盾,既害怕告诉我太多有损他的名誉,又想向我吹嘘他是多么精明。他为中国人对他的信任感到自豪。

"他们知道可以信任我,"他说,"这让我很感动。我从来没有出卖过一个中国佬。"

这个想法让他像诚实的人一样心安理得。那些中国人发现他喜欢古玩，便经常送他一些小玩意，或者带一些东西来卖给他，他从不过问它们的来历，而是低价将其买下。攒到一定数量，他便将它们运到北京，卖一个好价钱。我想起他是如何通过购买拍卖的物品拿去典当来开始他的商业生涯的。二十年间，他凭借不光彩的手段和小欺小瞒，一镑一镑地积累财富，并将赚来的钱全部投资到上海。他过着悭吝的生活，攒下一半的工资；他从不休假，因为他不想浪费钱，他从不和中国女人有任何瓜葛，他不想陷入纠缠；他滴酒不沾。他一心只想攒够钱回英国，重新过上他年轻时被夺走的那种生活。那是他唯一想要的东西。他在中国的日子过得如在梦中，他对周围的生活从不留意；它的色彩和新奇，它的灯红酒绿，对他毫无意义。他眼前总是浮现出伦敦的幻影，他看到克莱梯利安酒吧，看到自己踩着脚踏杆站在吧台前，他看到帝国剧院和帕维廉剧院的风流廊座，看到和他调情的妓女，他还看到音乐厅里亦庄亦谐的喜歌剧和盖厄蒂剧院的音乐喜剧。这才是生活、爱情和冒险。这才是浪漫。这才是他一心一意向往的东西。为了重新过上如此庸俗的生活，他像一个隐士般地生活了那么多年，这确实有令人敬佩之处。这体现了骨气。

"你知道吗，"他对我说，"即使我能休假回英国，我也不回。在我能永远留在英国之前，我都不会回去。等到那个时候，我要风风光光地回去。"

他看到自己每天晚上穿着晚礼服出门，扣眼里别着一朵栀子花；他看到自己穿着长外套，戴一顶棕色礼帽，肩上挂一副观剧镜去观看德比赛马会。他看到自己逐个打量那些女孩，从中挑选出中意的一个。他下定决心，在到达伦敦的当晚，他要喝个一醉方休，他已经二十年没有酗醉过了；工作的时候他不敢喝酒，他必须保持警觉。

他会注意让自己不要在回国的船上醉倒。他要等到回到伦敦才开怀畅饮。他将度过一个多么美妙的夜晚！他为此憧憬了二十年。

我不知道格罗斯利为什么离开中国海关，是在那里待不下去了，是服务期满，还是已经攒够了他为自己设定的金额。但他终于启航回国了。他坐的是二等舱；他要等到回伦敦之后再开始花钱。他在杰明街①租了房子，他对那里心仪已久，他直奔一间裁缝店，给自己定制了一套衣服。高档考究。然后他去城里四处转了转。城市与他记忆中的不同了，车辆行人比过去多出许多，他感到困惑，有点不知所措。他去了克莱梯利安酒吧，发现他当年常去喝酒消磨时间的那间酒吧已经不见了。莱斯特广场有一家餐馆，当年他手头宽裕的时候常去那里吃饭，现在却遍寻不着；他想它大概已经被拆除。他去了帕维廉剧院，但那里不再有女人供他搭讪；他很恼火，又去了帝国剧院，发现他们已经把风流廊座取消了。他大受打击。他不能理解。好吧，不管怎么说，他应该对二十年来的世事变迁做好了心理准备，如果他找不到别的事做，他还可以大醉一场。他在中国得过几场热病，气候的变化使得热病又发作了，他感觉不大舒服，喝了四五杯之后他就上床睡觉了。

回国的第一天只是之后许多天的一个缩影。一切都不如人意。在向我讲述那些事情是如何接二连三地令他失望时，格罗斯利的语气变得忿忿不平。老地方都不见了，人也都变了样，他发现很难交到朋友，他异常孤独；他从未想过在伦敦这样的大都市里他会感到孤独。那正是问题所在，伦敦变得太大了，它不再是九十年代初那个欢乐、亲切的地方。它已经变得支离破碎。他结交了几个女孩，但她们不像他从前认识的女孩那么好，和她们在一起也不像从前那

---

① 位于伦敦市中心，以销售男装和男士用品闻名。

么有趣了，而且他渐渐意识到，她们把他当作一个古怪的家伙。他才四十出头，在她们眼中就已经是个老人了。当他试着跟站在吧台边的那些年轻人交朋友时，他们对他冷眼相待。这些年轻人根本不会喝酒。他要给他们做个示范。他每天晚上都喝得酩酊大醉，这是他在那个该死的地方唯一能做的事情，可是，老天，这让他第二天感觉糟透了。他认为是中国的气候改变了他。当他还是一名医学生的时候，他可以每天晚上喝一瓶威士忌，早上起来依然精神抖擞。他开始更多地想到中国。各种各样他以为自己从未留意过的事物涌入了他的记忆。他在那里的生活过得并不坏。远离那些中国女孩也许是个愚蠢之举，她们之中有一些漂亮的小东西，而且她们不像这些英国女孩那样拿腔作势。一个像他这样有钱的人可以在中国过上神仙般的快活日子。他可以包养一个中国女孩，可以加入俱乐部，那里有很多不错的家伙，他可以和他们一起喝酒，一起玩桥牌和台球。他回忆起中国的店铺、街道上的喧哗、搬运货物的苦力、停靠帆船的港口和岸边矗立着宝塔的河流。多么可笑啊，他在中国的时候从来没有把中国放在心上，而现在，他无法将它从脑海中抹去。它令他着迷。他开始感到伦敦不是适合白人居住的地方。它已经堕落了，情况就是这样，有一天他忽然想到，也许回中国是一条好的出路。这个想法当然很愚蠢，为了能在伦敦过上好日子，他像奴隶一样工作了二十年，如今却想回中国，实在荒唐。以他的财产，他可以在任何地方潇洒度日。但不知怎的，他一心只想着中国。一天，他去电影院，看到了上海的一个镜头。事情就这样决定了。他厌倦了伦敦。他憎恶它。他要离开这里，而且这一次他走了就再也不会回来。他回国一年半了，在他看来，这似乎比他在东方度过的二十年还要长。他登上一艘从马赛出发的法国船，当他看到欧洲的海岸线沉入大海时，他长舒了一口气。到达苏伊士时，他感受到了第一缕东方的气息,他知道他做出了正确的选择。欧洲已是明日黄花,东方才是唯一的归宿。

他在吉布提上过一次岸,在科伦坡和新加坡也上了岸,但尽管船在西贡停了两天,他还是留在了船上。他喝了很多酒,有些宿醉。但是当船到达海防,要在那里停靠四十八小时,他觉得不妨上岸去看看。那是他们抵达中国之前的最后一站。他要去上海。到了那里之后,他打算先去旅馆住下,在城里四处转转,然后找一个女孩和一个属于自己的住处。他要买一两匹小马,参加比赛。他很快就会交到朋友。他们在东方不像在伦敦那样拘谨和冷漠。上岸后,他在旅馆吃过饭,坐上一辆人力车,告诉车夫他要去找女人。车夫把他带到我之前坐了许久的那间破旧的公寓,那里有一个老妇人和一个女孩,她现在是他孩子的母亲。过了一会儿,老妇人问他要不要吸一筒烟。他从没吸过鸦片,他一直对它心存畏惧,可是这时他觉得不妨一试。那天晚上他感觉很好,那女孩是个惹人怜爱的小东西;她很像中国女孩,娇小俏丽,像个玩具娃娃。总之,他吸了一两筒烟,感觉身心舒畅。他当晚留宿了下来。他没有睡觉,只是非常放松地躺在床上想事情。

"我在那儿一直待到我的船起航前往香港,"他说,"船走后,我就继续留了下来。"

"你的行李怎么办?"我问。

这么问也许是因为我对人们将现实的细节和假想的生活场景结合起来的方式格外感兴趣。当小说中身无分文的恋人开着长长的高速赛车驶过远山时,我总是好奇他们怎么付得起买车的钱;我也时常问自己,亨利·詹姆斯笔下的人物是如何在细腻地审视自身处境的间隙妥善处理他们的生理需要的。

"我只有一箱衣服,我从来不是一个需要太多身外之物的人,我和那个女孩坐人力车去把它取了回来。我原本只想待到下一班船到来。你看,这里离中国这么近,我想在继续上路之前我应该等一等,让自己适应一下,如果你明白我的意思。"

我明白。他最后的这番话揭示了他内心的想法。站在中国的门槛上,他的勇气消失了。英国已经令他失望至极,他害怕让中国经受同样的考验。

如果中国也令他失望,他就一无所有了。多少年来,英国就像沙漠中的海市蜃楼,可是当他屈服于诱惑走近它时,那些闪光的池塘、高大的棕榈树和茵茵绿草便化成了连绵的沙丘。他还有中国,只要不再见到它,他就依然拥有它。

"不知怎么的,我留了下来。时间一晃就过去了,我想做的事情似乎连一半都来不及做。毕竟我在这儿过得很滋润。那个老太婆烧得一手好烟,她,我的女人,是个可爱的小女人,还有我的孩子,一个活泼的小家伙。如果你在一个地方过得很幸福,何必还要去别的地方呢?"

"你在这儿幸福吗?"我问他。

我环顾那个空荡破旧的大房间。房间里毫无舒适可言,也没有任何一样能够给人带来家的感觉的个人物品。格罗斯利直接住进了这间由那位老妇人经营、兼作妓院和为欧洲人服务的鸦片烟馆的小公寓,他在这里更像是暂时将就而不是长久居住,仿佛随时都会收拾行李离开。片刻之后,他回答了我的问题。

"我这辈子从来没有这么幸福过。我常想总有一天我要去上海,不过我认为我永远也不会真的动身。而且老天知道,我再也不想回英国了。"

"你不会时而感到孤独,渴望有人和你说说话吗?"

"不会。有时会有一位英格兰船长或苏格兰轮机员随着中国货船来到这里,那时我就会上船去和他们聊聊往日时光。这儿还有一位老兄,一个在海关工作过的法国人,他会说英语,有时我会去看他。不过,其实我并不怎么需要和别人来往。我总是一个人想事情。有人打断我时,我会很不耐烦。我不是瘾君子,你知道,白天我几乎不吸烟,只在早上吸一两筒让胃里舒服一点,然后我就开始想事情。"

"你都想些什么?"

"哦,各种各样的事情。有时候是伦敦和它在我小时候的样子。但主要是关于中国。我想到我的那些快活日子和我赚钱的办法,想到我过去认识的那些家伙,还有那些中国人。有时真的好险,但我总能侥幸逃脱。我想知道我当时可以拥有的那些女孩会是什么样子。那些漂亮的小东西。我现在很后悔当初没有包养一两个。中国是一个伟大的国家;我喜欢那些店铺,一个老头子蹲在店里抽水烟,喜欢那些店铺的招牌。还有那些寺庙。说真的,那才是适合人居住的地方。那才是生活。"

海市蜃楼在他的眼前闪耀。幻觉将他吸引。他很快乐。我想知道他会有怎样的结局。不过,现在还为时尚早。也许,在他的一生之中,他第一次真正把握住了当下。

四十四

我乘坐一艘破旧的小火轮从海防前往香港,船沿着海岸航行,途中在各个法属港口停靠,装卸货物。这条又脏又旧的船上除了我只有三名乘客。其中两人是准备到海南岛去的法国传教士,年长的一个蓄着一部方方正正的花白胡子,年轻的那个长着一张红扑扑的圆脸,脸上的黑色胡须还没有连成一片。他们一天中的大部分时间都在读祈祷书,年轻的那个还在自学中文。另一位乘客,埃尔芬拜因,是个旅行推销针织品的美国犹太行商。他个子很高,体格健壮,姿态笨拙,有一张发黄的长脸、黑色的眼睛和大而挺直的鼻子。他的嗓门又大又尖,态度咄咄逼人,性情暴躁。他骂船,骂乘务员,骂仆役,骂伙食,他对一切都不满意。随时都能听到他愤怒地提高嗓门,只因为他的样品箱没有被放在应该放的地方,因为洗不了热水澡,因为苏打水不够冰。他是个好寻衅生事的人,认为所有人都在合起伙来侮慢他、亏待他,他一直威胁要给船长和乘务员的鼻子来上一拳。由于船上只有我一个人说英语,他从此便黏上我了,我在甲板上坐下还不到五分钟,他就会跑过来坐在我身边,向我倾诉他最新的委屈。他非要请我喝酒,当我拒绝时,他就会叫嚷着:哎,拜托,讲点交情嘛,然后照点不误。令我尴尬的是,他始终跟我称兄道弟。他很讨人厌,可是又不得不承认,他时常能把人逗乐。他会讲一些有损他的犹太同胞形象的故事,言语之粗鄙使它们显得尤为好笑。他总是说个不停。他一分钟都不愿意独处,而且从未想过也许别人并不需要他的陪伴;可是当他和你在一起时,又时刻提防你会冒犯他。他会重重地踩在你的痛处上,如果你预先闪开,他又会认为你侮辱了他。这使得和他相处十分累人。他是那种让你能够理解沙俄时代对犹太人的集体迫害的犹太人。我给他讲了关于巴黎和会的一则轶事。据说有一次，帕岱莱夫斯基先生①向威尔逊先生、劳合·乔治先生和克里孟梭先生②施压，坚持波兰对但泽的权利主张。

"我提醒诸位，"他说，"如果波兰人得不到但泽，他们会因为失望而发动暴乱，杀犹太人泄愤。"

威尔逊先生面色凝重，劳合·乔治先生连连摇头，克里孟梭先生眉头紧锁。

"可是如果波兰人得到但泽，又会如何呢？"威尔逊先生问。

帕岱莱夫斯基先生展颜一笑，摇了摇狮鬃一样长而蓬松的头发。

"啊，那就完全是另一番景象了，"他回答道，"他们会兴奋得上街狂欢，杀犹太人庆祝。"

埃尔芬拜因一点也不觉得好笑。

"欧洲没救了，"他说，"如果这世界由我做主，我要让整个欧洲都沉到海里。"

于是我给他讲亨利·戴普利斯的故事：他是个土生土长的卢森堡大公国人。经过深思熟虑，他当了一名旅行推销员。他觉得这个故事同样不好笑，我只好为萨基③叹息一声，停下不讲了。我们不得不无奈地接受这位百分之百纯正美国人的观点：英国人没有幽默感。

---

① 伊格纳齐·帕岱莱夫斯基(1860—1941)，波兰政治家，一战期间任波兰驻美代表。
② 托马斯·伍德罗·威尔逊、劳合·乔治和乔治·克里孟梭是主导巴黎和会的美国总统、英国首相和法国总理。
③ 英国作家赫克托·休·芒罗(1870—1916)的笔名，亨利·戴普利斯是其作品《克洛维斯记事》中的人物。

吃饭的时候,船长坐在餐桌上首,两位神父坐在他的一边,我和埃尔芬拜因坐在另一边。

船长来自波尔多,是个头发花白和蔼快活的小个子,年底就要退休,回自己的葡萄园酿酒去了。

"我会送您一桶,神父。"他向年长的神父许诺。

埃尔芬拜因说一口流利而蹩脚的法语。他抢过话头,一个人说个不停。谈兴,他有的是。那几位法国人对他很客气,但不难看出,他们对他非常厌恶。他的许多话都很不得体,当他用污秽的语言称呼为我们服务的仆役时,两位神父低着头,假装没有听见。埃尔芬拜因好与人争论,一次午餐时,他谈到了宗教问题。他对天主教信仰发表了许多看法,显然又是些很不妥当的话。年轻的神父红了脸,正要争辩几句,年长的神父对他低声说了点什么,他才忍住没有开口。但是当埃尔芬拜因直接向他提问时,老人温和地回答他。

"这种事不能勉强。每个人都有信仰的自由。"

埃尔芬拜因长篇大论了一番,众人只是默不作声。他并不觉得难为情。事后他对我说,他们无法反驳他的观点。

"我认为他们是不愿反驳,"我说,"我想他们只是把你当作一个粗鲁无礼、缺乏教养的人罢了。"

"我吗?"他惊讶地叫道。

"他们没有冒犯任何人,他们把自己的一生奉献给为他们的上帝服务的事业,为什么你要无端侮辱他们呢?"

"我没有侮辱他们。我只是作为一个理性的人提出自己的观点而已。我想发起一场辩论。你认为我伤害了他们的感情吗?哎呀,我绝不会那么做的,老兄。"

他的惊讶是如此真诚,我不禁笑了。

"你对他们视为最神圣的东西大加嘲讽。他们很可能认为你是